T0419895

BIBLIOTECA
CV

CARLOS VELáZQUEZ

LA MARRANA NEGRA
DE LA LITERATURA ROSA

CARLOS VELÁZQUEZ

LA MARRANA NEGRA DE LA LITERATURA ROSA

OCÉANO

LA MARRANA NEGRA DE LA LITERATURA ROSA

Diseño de portada: Jorge Garnica

D. R. © 2025, Editorial Océano de México, S.A. de C.V.
Guillermo Barroso 17-5, Col. Industrial Las Armas
Tlalnepantla de Baz, 54080, Estado de México
info@oceano.com.mx

Primera edición en Océano: 2025

ISBN: 978-607-557-950-4

Impreso en México / Printed in Mexico

Índice

Para Celeste Velázquez, hello cowgirl in the sand

I am an architect, they call me a butcher.

Manic Street Preachers

No pierda a su pareja por culpa de la grasa

Ni creas que vamos a coger, Tino, me dijo Carol. Estás gordo otra vez.

La coca no sirve. Tú dijiste que con la coca enflacaría.

Tienes más celulitis que mi mamá. Y esas estrías asquerosas.

Me voy a poner a dieta. Voy a consultar a una nutrióloga.

Nada te funciona. La única solución es que te hagas la lipo.

Desde que nos casamos Carol me molestaba con mi figura. ¿No se te ha ocurrido que delgado me gustarías más? Siempre que quería coger me llevaba a la báscula. Era su pretexto favorito para no acostarse conmigo. No necesitaba inventarse dolores de cabeza. Que yo tuviera las tetas más grandes que ella le daba asco.

Mastúrbame, le pedía.

Estás pendejo, contestaba, satisfácete tú.

Pensé que embarazada se olvidaría de mi cuerpo de tapir. Al contrario. No pasaba un día sin restregarme mi gordura. Como si hiciera falta. Tapir, ornitorrinco y manatí, eran sus insultos favoritos.

Y se burlaba con ingenio, me recitaba comerciales de televisión. ¿Padece usted de esas insoportables llantitas? Use jabones reductores Goicoechea.

En otras ocasiones le salía su lado clínico. Te puede entrar una diabetes, colesterol o hipertensión. Mi tío murió de un derrame cerebral por culpa del sobrepeso. Comes demasiada carne roja, te va a dar gota.

También era agresiva. Me chillaba. Eres un comodito. Un acomplejado. Cómo puede ser posible que prefieras estar pinche seboso.

Yo la ignoraba. Me reservaba mi grasita. La consideraba un trofeo. Y me masturbaba sin entusiasmo. Fantaseaba con gordas mórbidas. Era mi mediocre venganza contra Carol. Siempre que pensaba en una flaca no conseguía venirme. No me calientan. Cogerse a Carol era como cogerse a un hombre rasurado, por lo pinche escuálida que estaba.

A veces sospecho que Carol tenía razón. He oído historias de jóvenes como yo que han sufrido infartos. La siguiente gordita de chicharrón podría llevarme a la tumba. Morir por sobredosis de carne adobada. O convertirme en un vegetal. Tanta manteca me transformaría en una berenjena.

En otras ocasiones, pensaba que Carol no lo hacía sólo por mi salud. Se empeñaba en que perdiera kilos porque una liposucción representaba un lujo. Y aunque no fuera ella la que se treparía a la plancha, se sentiría orgullosa de vivir con un exgordo que se había sometido a una experiencia estética.

Hazte la lipo, Tino, insistía.

No tengo que operarme, le rebatía. Puedo ponerme a dieta.

Las dietas nunca funcionan. Y luego está el rebote. Mejor la lipo o un baipás gástrico.

Pero con qué dinero. Pídele a tu mamá.

Carol quería sacar todo de mi madre. ¿De dónde había salido el dinero para la boda? ¿Y las consultas con el ginecólogo? Cada mes mi madre desembolsaba para el ultrasonido. Además, me pagaba la colegiatura. Y me destinaba una suma mensual para gastos personales. Dinero que yo destinaba para comprar cocaína. Eres mi mejor cliente, decía mi díler, estás pagando la universidad de mi hijo.

Mamá era ciega de nacimiento. Un consuelo. Era la única persona que ignoraba mi gordura. Y mi rostro descompuesto por la droga. No me atrevía a pedirle que me pagara una operación tan frívola. A mí me atormentaba el sobrepeso y ella hacía el pollo frito más rico que había probado en mi vida. Suficiente era que viviéramos en su casa y nos mantuviera mientras yo terminaba la carrera de ingeniería.

Te falta concha, me ladraba Carol. Eres hijo único. Eres el consentido.

Sí, pero adoptado.

Mi madre, además de invidente, era infértil. Cuando era niño, me decía que los hijos son los ojos del mundo. Y me pedía que me viera en sus pupilas. Tino, refléjate en mí. Dime cómo eres en mí mirada. Y yo le mentía. No le confesaba que era una berenjena. Un tapir malnutrido, como decía Carol. Le presumía que era el tipo más guapo del mundo. Y me creía. No con la cabeza, no con el corazón. Me creía con sus ojos muertos.

Qué importa que no seas su hijo biológico, gritó Carol. Y luego, con una sapiencia impostada, que no sé de dónde le salió, me dijo que los hijos son los que se crían, no los que se paren. ¿Quién crees que va a heredar todo cuando tu mamá se muera?

Tal vez heredara, es cierto. Sin embargo, mientras viviera mi madre no accedería al legado. Una pequeña fortuna, si lo consideramos. Mamá era dueña de una cadena de zapaterías y poseía varios edificios de lujosos departamentos en el centro de la ciudad. La sola renta de los deptos me aseguraría la existencia.

No ambicionaba más. Sabía que era probable que le legara los negocios a papá. Y las cuentas bancarias. Yo con los edificios me conformaba. No me desagradaba la idea de convertirme en un casero amargado. Llegar a ser un viejo cascarrabias que disfrutara atormentando a sus inquilinos.

Carol no. Lo quería todo.

Con la aburridora diaria de la gordura surgía siempre el tema del dinero. ¿Te imaginas todo lo que vamos a hacer con la fortuna cuando se muera?

No hay por qué desearle la muerte, Carol. En tres años me recibo. Viviremos bien.

No le estoy deseando nada. Sólo digo que algún día va a morir. Y no seas conformista. Con tu sueldo no nos va a alcanzar ni para pañales. Eres un mediocre. Cuánto ganarás. ¿100 mil pesos al año? Los negocios de tu mamá producen 90 mil al mes.

Pobre Carol. Su avaricia le impedía darse cuenta de que quizá yo no recibiría la fortuna completa. No quería ni imaginarme qué sucedería si mamá no me dejaba ni un peso. Carol era capaz de pedirme el divorcio.

Nunca nos hizo falta nada. Pero Carol proviene de un barrio. Y el barrio te consume. Si no lo sabes enfrentar, el barrio te acaba. Te traga. Lo he visto en sus hermanos.

A los diecisiete se amarraron una chavita de quince y la embarazaron, después entraron a la fábrica, a llevar una vida maquiloca. El más arrojado, el mayor, se la pasaba en el gimnasio, tirando guante, a la espera de que el boxeo lo convirtiera en ídolo. Pero seguro terminaría como limpiaparabrisas.

Debes hacerte la lipo, Tino, me ordenaba.

No tengo el dinero. Y no lo voy a juntar hasta que salga de la escuela y comience a trabajar.

¿Y si la robamos? No sería la primera vez.

No quiero hacerlo de nuevo. Nunca volveré a robar a mi madre.

Eres un inútil. Eres un hijo de mami, me gritaba. Arráncale un cheque al talonario. El último. Ni se va a dar cuenta. Al cabo que es ciega.

A los veintitrés años, no entiendo por qué, papá se casó con mamá. Y a pesar de su incapacidad y la estoica serenidad con que la portaba, papá nunca le fue infiel. Un año después del matrimonio, se enteró de que era estéril. Papá es abogado. Pasaba el día entero en el despacho. Durante los primeros dos años, al volver a casa, sentía pena por mamá. Siempre sola. Acompañada sólo por la sirvienta. Una doñita que le aconsejaba Adopte un hijo. Con su dinero se lo sueltan rápido, patrona. Para ponerle fin a tanto silencio en el ambiente papá aceptó las peticiones de mi madre. Así fue como yo llegué a sus vidas.

Cuando uno hace algo una vez, lo puede hacer más veces, insistía Carol. ¿O a poco crees que porque no vuelves a cometer el acto dejas de ser un ladrón?

Pinche Carol, era el mismísimo diablo chillándome en la oreja. Nunca se rendía.

Vuélale un chequecito.

Un chequecito, un chequecín, un chequecillo o como le llamara, no reduciría la flagrancia del hurto. Y sí, habíamos robado a mamá. No una, ni dos, un chingo de veces. Para comprar cocaína.

Hasta que se enteró. Segurito la contadora le avisó. Están falsificando su firma.

Mamá no investigó. Ni siquiera preguntó cuánto habíamos robado. Desde entonces, guardaba la chequera y el efectivo en una caja fuerte. Dejé de ser el cliente estrella de mi díler. Recobré peso. Y Carol, que había incubado un nuevo apodo para mofarse, volvió a echarme carro. Eres una nutria chiquita con lupus, me recriminaba.

Comenzamos a robar a mamá cuatro años antes. Yo acababa de cumplir los veintiuno, Carol veintidós. Llevábamos once meses casados. Un catorce de febrero Carol llegó bien prendida a la casa. Vamos a celebrar, me dijo. Nos encerramos en la habitación. Sacó una grapa de coca. Yo nunca me había drogado. No quería probarla. Carol me convenció. Siempre me convencía. La coca te quita el hambre. Con esto vas a bajar de peso, me aseguró.

Nos hicimos adictos. Adictos felices, funcionales. Yo deseaba hacer todo bajo el efecto de la coca: coger, bañarme, comer. Todo mi dinero me lo gastaba en droga. Me convertí en cocainómano. Y efectivamente, comencé a perder peso.

Pasaron tres meses. Nuestro consumo creció tanto que no alcanzábamos con la pensión que me daba mamá.

Fue bajo el efecto de la coca que robé el primer cheque. Carol falsificó la firma. Ella siempre espiaba a mamá. Oía sus conversaciones telefónicas. Abría su correspondencia.

Sabía con exactitud cuánto dinero tenía en las diversas cuentas bancarias.

Necesitamos hacer algo, Tino. Cada día estás engordando más.

Era verdad. Estaba recuperando kilos. Aumentaba de peso de manera escandalosa.

Si no me metía cocaína me entraba un hambre histérica.

Llevábamos semana y media sin coca. Aún faltaban siete días para recibir mi mensualidad.

Conozco la malilla. La malilla es como el barrio, te traga. Es el dolor que te ataca cuando se acaba la coca. Ahora lo siento. Es una pureza fría que se encariña a tus corvas. Rechinidos en las articulaciones, cada uno parece una uva arrancada con desparpajo al racimo que son mis nervios. Y el puto dolor de cabeza. Que no soporto ni el sonido de las manos de la sirvienta limpiando frijoles.

La primera vez que experimenté la malilla estaba más asustado que una persona a la que van a embargar. Le había parado al consumo. Un adicto se pasa toda su vida con un pie dentro y con el otro fuera de la adicción. Quien diga que nunca ha intentado dejar la droga no ha tocado fondo. Enorgullecerse de la dependencia es puro alarde.

No volví a divorciarme de la coca hasta el embarazo de Carol. Cuitié por solidario. Ella no debía drogarse durante la gestación. El bebé podría salir con malformaciones. Con cara de grapa, bolsita o cápsula de coca. Carol bromeaba con que el niño nacería con un popote en la mano. Listo para aspirar la caspa del diablo.

La panza de Carol crecía. La mía también. En cuanto dejé de pegarle bonito al polvo, me surgió un hambre de embarazado. El estado de Carol me estaba ensanchando.

La idea de ser padre me afectó tanto que me despertó un comer neurasténico. Era insaciable. Necesitaba mi fe, la cocaína. Despertaba por la madrugada, un pase, necesito un pase, imploraba en silencio.

Una noche no aguanté más. El antojo de Carol me zarandeó para lanzarme por unas fresas con crema al 24 horas. Caminito al súper, me compré un gramo de soda. Me la metí y me sentí Maradona. Mi mano, que llevaba el polvo en la esquina de una tarjeta de Banamex, era la mano de Dios. Aún estaba vigente. No había olvidado cómo chutar el balón. La coca seguía siendo mi vieja. La fiel. La que no me llamaba iguanodonte, cuerpo de tortuga de la isla Galápagos. Me reactivó al servicio.

Regresé a la casa bien sonaja. Bien *soundsystem*. Sonadísimo. Carol me descubrió en caliente. ¿Mira nada más cómo andas? En el puro panique. Te metiste mugrero. Te metiste. Te metiste. Y yo en mi estado. Méndigo sordero.

Me hice güey. Un adicto puede hacerse el que la virgen te dicta, te declama, te recita, pero nunca ignoras la droga. Si te chifla, sales. Y Carol lo sabía. Es imposible engañar a un coco. Saben a cómo está el kilo de tomate. A cómo el kilo de cebolla. El kilo de papa blanca nueva, recién lavada. La huelen. La detectan. La escanean. Con la piel, con los ganglios. Con los órganos.

Saca. Saca. Saca, maldito gordo, me gritó.

Quería una línea, una puntita, una esquinita. Se quemaba por drogarse. La había visto mordisquear en secreto unos popotes usados que guardábamos en el botiquín del baño. Padecía el síndrome del pollo. Se figuraba ver granos de soda tirados por el piso de la habitación. Se veía bien cura empinada con la pancilla.

Le sudaban las manos. Andaba bien chisqueada.

Ándale, no seas cabrón. Tú sí a toda madre, ¿verdad? Chíngueme yo. Presta, presta, presta. Saca el pase, pendejo.

Como no se lo rolé, me lanzó un perro de porcelana.

Aguanta, Carol. Aguanta. Estás embarazada, le grité y salí disparado a encerrarme en el baño.

Me arrepentí de meterme chingadera en su cara. No había calculado la abstinencia de Carol. No debí llevar coca a la casa. Pero no pude esperar al día siguiente para aturrarme en los pasillos de la universidad.

Le formé unas líneas en un espejo, para que no estuviera chingando. No creí que las inhalara. Se va a culear, me dije. Pero sí se las metió. Le brillaron los ojos de entusiasmo. Sólo en el rostro de un adicto se dibuja esa clase de sonrisa. Entre burlona y satisfecha. Volver a la droga es recuperar el habla. La lengua de Carol comenzó a caminar. Pinche gordito sordero, te la ibas a meter tú solo, ¿verdad? Culero, pinche tapir con ADN de marrana vietnamita.

Carol era bien golosa. La gomita, le decía yo de cariño. Cuando se pegaba al popote estaba cabrón que lo soltara.

La raya la puso toda robotina. Acelerina. Toda psicopatota.

Nos la pasamos esnifando hasta el amanecer. Había comprado coca suficiente como para drogar a un pony.

Entre saque y saque yo le rezaba a San Judas Tadeo para que mi hijo no naciera defectuoso. Me daba e imploraba: Que mi hijo no salga malformado, San Juditas. Que no le falte ninguna pieza del rompecabezas. Pero mi principal preocupación era que naciera gordo. Podía adivinar su futuro: Carol lo mantendría encadenado al grupo de tragones anónimos, o lo tendría en un club de cuidakilos, a la espera de que tuviera la edad suficiente para que le realizaran una lipoescultura.

A partir de aquella parranda de cocaína perdimos el miedo a tener un hijo idiota. Nos empezamos a meter soda los fines de semana. Si de Carol dependiera, se hubiera atascado diario. No se lo permití. Ella estaba en su cuarto mes de gestación. Apenas se le notaba la pancilla. No como a mí. Que me cargaba una bodega de chofer de la ruta Norte. No cualquier chofis. Conductor coco y borracho.

Durante nuestras juergas de polvo a veces teníamos sexo en la sala o en la cocina. Carol se ponía tan contenta por la droga que me permitía penetrarla. Descaradotes, al cabo que mamá no podía vernos, deambulábamos desnudos por toda la casa. Éramos dos chanchos obscenos y salvajes, listos para saltar al cazo de las carnitas. Dos marranos silvestres y exóticos que se paseaban en un corral con las venas cargadas de cocaína.

La que a cada rato nos sorprendía era la criada. Nos espiaba cuando cogíamos o cuando nos drogábamos.

Carol, la criada nos está güachando, le decía.

Déjala. Dale chance de que vea. A ella nadie se la coge.

No puedo. Me chisquea que me esté fisgueando.

No le hagas caso. Concéntrate. Pero me está tijereando la panza.

No te claves. Disfruta. ¿A poco no te calienta que te estén mirando?

Carol era una exhibicionista. Y odiaba a la criada. Por metiche. Por chonita. Por chismosa. Esa muchacha va a tener un hijo del diablo, le decía a mi mamá. Se droga. Va a parir un renacuajo.

En una ocasión la agarró con unas rayotas como líneas de meta de campo de futbol. Marcadas según el reglamento de la FIFA.

Ese niño va a nacer como ustedes. Sin alma, le dijo la vieja a Carol en su jeta.

Carol flipó. Le agarró una tirria verdulera. Malaleche.

Aguanta, le decía yo. No hagas coraje. Se te va a salir el chavo.

El barrio había trastornado a Carol. Se masturbaba, se drogaba, se pedorreaba delante de la criada. Nunca había tenido servidumbre, pero el barrio le había metido en la cabeza que debía tratar mal al servicio doméstico. Con las patas. Con la cola.

A Carol le gustaba mucho pegarle a la mamada. No sé por qué actuaba como una millonaria. Su familia vivía en la misma colonia que la sirvienta. Y aunque lo niega, la chacha asegura que Carol tuvo un romance con uno de sus ahijados. Al parecer la doñita bautizaba a toda la cuadra.

Eso sucedió antes de que nos hiciéramos novios. Veinte o treinta kilos atrás. A Carol la conocí en la prepa. Con berrinches había conseguido sonsacarles a sus papás una colegiatura. Los amenazó con meterse a jalar en una sala de masajes o en un teibol si la obligaban a matricularse en la escuela pública. Detestaba la plebe.

Era la más mamacita del primer semestre. Toda la buitrada andaba sobres. Como tenedores gigantes persiguiendo un pedazo de ternera parmesana.

Pasaba por los pasillos y saltaban los piropos.

¿Quién pidió mariachi?

¿A cómo está el kilo de aguacate?

¿Quién mandó traer la rondalla de Saltillo?

Carol había elegido esa prepa por un solo motivo, huir de su casa. Estaba dispuesta a engancharse con cualquier burguesillo para salir del barrio. Se había prometido a sí misma no morir entre aquella chusma.

Yo también le lanzaba sus cumplidotes. Qué bueno amaneció hoy el kilo de membrillo. ¿Está en oferta?

Ni me pelaba. Mi panzota de globo lleno de agua me impedía galanear. Pero tampoco se burlaba de mí. Ni secundaba la carrilla que me echaban en el salón. Y eso me daba esperanzas. Carol sabía que no existen ni aliado ni enemigo pequeño. Como todo preparatoriano me entusiasmé por las patilocas. En la escuela me rebautizaron como El Gordo Patineta. Pero Carol nunca me decía así. Ni me decía tapir. Me llamaba Tino.

Tino *boy*, ¿me disparas una Magnum de almendras?

Uno de los motivos por los que Carol aborrecía el barrio eran los tamales. De rojo, de verde, de dulce, de frijoles o de lo que fueran. Los odiaba tanto como a las quinceañeras que se organizaban a media calle, como al señor que pasaba en su carromato canjeando pollitos por envases de caguamas. Le parecía la cumbre de lo naco.

Nunca entendió por qué su mamá se ponía a hacer tamales en navidad, en año nuevo, en los santos, en los cumpleaños. Pinche epidemia.

¿Acaso no podía preparar otra cosa? Aunque fuera lonches de aguacate.

Sí, pero no lo hacía, pensaba Carol, porque los tamales representaban toda la jodidez del barrio. La falta de clase. Que no pusieran a la familia a elegir entre un frasquito de caviar y una ollota de tamales, seguro se decidían por los últimos y hasta los oía decir: los tamales saben más ricos recalentados.

La primera navidad que celebró Carol en mi casa cenamos pierna horneada. La neta a mí ni me gustaba. Yo prefería unos buenos tamales de ensalada. Masacotudos. A lo mejor me traicionaba el inconsciente por ser adoptado. A lo mejor yo también traía el barrio dentro.

El caramelizado que se formaba sobre la carne significó para Carol el triunfo de su persona sobre la pobreza. Una distinción opulenta, un rasgo de singularidad. Una cena distinguida. A partir de esa noche decidió que jamás pasaría una navidad o cualquier festejo con su familia. Jamás volvería a tragar tamales.

Hay niveles, les decía a sus vecinillas de la cuadra. Las morritas que estudiaban en las prepas del estado. Las tamalizas son para la perrada.

A mí, era predecible, me prohibió atacarme de tamales porque engordan. Es pura masa con manteca, con una embarrada miserable de carne de puerco con chile rojo. Las tristes navidades de los pobres se acompañan con tamales, Tino.

La navidad no es triste para los que no tienen dinero, le respondí. Es triste para los pavos, para los guajolotes, para los marranos, no para los desafortunados.

No seas mamón, pinche gordo, me respondió. Al que deberían hacer tamales es a ti, seguro salen hasta tres vaporeras de tu cuerpo de tapir.

Carol prefería la comida de los restaurantes o de las cadenas de comida rápida. Odiaba los tacos, las garnachas, el menudo y el pozole. Las tostadas y las gorditas. Cuando la conocí me contó que sufría de grasientas pesadillas. Malos sueños donde era perseguida por tamales voladores, tamales de pata de puerco que hablaban. Tacos con rabia. Lonches sicarios.

Lo tamales engordan muchísimo, me dijo. Olvídalos.

Y una noche, de alaridos y tamales, volvió a presionarme. Despertó de su pesadilla y para desquitar su frustración insistió en el tema de la liposucción.

Eres un mediocre. Un marica. Para ella no es nada. Unos cuantos pesos.

Pero es mi madre.

Eso debiste pensar la primera vez que la robamos. Ya no hay vuelta atrás.

Ante la falta de coca y mi aumento de peso, me convenció. Yo siempre aceptaba sus chingaderas. Robaríamos a mi madre.

Planeamos todo bajo el efecto de una coca mal cortada. Simularíamos un asalto. La amagaríamos con sogas y navajas. Justo a la hora en que la criada hacía el súper. Saquearíamos para la liposucción y para un mes de cocaína. Y si alcanzaba, para unas vacaciones en Mazatlán. Entraríamos a la casa un día que se suponía yo andaría en la escuela y Carol con el doctor. Inutilizar a un ciego no representa ningún riesgo, me dijo Carol. Es más fácil que falsificar un cheque. Tu papá estará en la oficina, no podemos fallar. ¿Quién va a detenernos?

Amarraríamos a mamá a la mecedora en la que siempre se sentaba. Su sitio predilecto para pasar las tardes. En ocasiones ella misma había dicho que no deseaba morir en una cama, sino en su mecedora. Su ceguera le impediría reconocernos. El éxito de nuestro plan era mantenernos en silencio. Robaríamos sin hacerle daño. La ataría con una medias negras. Medias que Carol compró para ponerse en la cabeza, pero le dije que no hacía falta, nosotros vivíamos en el edificio, nadie sospecharía. Meteríamos el botín en una caja de seguridad de banco. Como hacen los ladrones elegantes en las películas. Regresaríamos a la casa al anochecer. Borrachos o drogados, con el triunfo por dentro. Nos haríamos los sorprendidos. Pinches ratas. ¿Aprovecharse de una pobre ciega? A las dos semanas nos largaríamos unos días a la playa, antes de operarme.

En la caja hay cerca de dos millones de pesos, me dijo Carol.

Cómo contó el dinero sin que nadie la descubriera, no lo sé. ¿A qué hora? Me aseguró cuánto contenía cada fajo y de qué manera estaban dispuestos. Me pregunté por qué no había pellizcado uno. Tal vez lo había contabilizado a la distancia. No habría desperdiciado la oportunidad.

Tuve miedo. ¿Hacerle semejante bajeza a la mujer que me recogió? Que me rescató del orfanato. De ser un niño de la calle. De una posible vida de carne de reformatorio, de correccional. De ser un ciudadano de barrio. Uno más de tantos que andan en la clica, uno más de los que viven en la cumbia o en el cártel. Si no me hubieran adoptado tal vez estuviera enojado contra el mundo, como Carol contra el barrio, y me hubiera dedicado a delinquir. Y aunque no era una blanca palomita, no era un ingrato. Es verdad que existe un lado de nuestra alma al que nunca le pega el sol, pero fallarle a mi mamá era demasiada mala entraña.

Y no es todo, siguió Carol. También hay documentos. Pero con el efectivo completamos. Si no nos apuramos, irán a depositar los dos millones. Y adiós a todo. A las vacaciones, a la lipo, a la coca.

Mientras repasábamos el plan, me arrepentí.

No puedo hacerlo, Carol. Lo siento. No puedo, no es mi estilo.

Qué, gritó. No mames. Tú no tienes estilo. Pinche Gordo Patineta. Eres un mediocre. O qué, quieres ser toda tu vida El Gordo Patineta. Estoy harta. Harta de tu mamá, de la puta sirvienta. Estoy harta de ti. Eres un pobre pendejo, un maricón.

No puedo. No puedo, Carol. Se trata de mi mamá. ¿Y si nos descubren?

Esa señora no es tu mamá. No es tu mamá. No te engañes. No es nada tuyo. Lo dices para echarte para atrás. No nos va a pasar nada. No nos van a agarrar. Nuestra coartada es perfecta.

Pueden meternos a la cárcel. No nos atraparán.

No quiero hacerlo.

Debí saberlo. Los pinches gordos son unos cobardes. No sé por qué me fije en ti. Pinche Gordo Patineta. Gordo Patineta. Nunca vamos a dejar de ser dos limosneros que se conforman con las migajas que nos tira tu mamá. Todos los gordos son miedosos.

Sus palabras me asustaron aún más. Carol había rebasado la línea. Cuando uno hace algo una vez, lo hace toda su vida, es la regla. Si me negaba a continuar, me condenaría para siempre a que me molestara con mi gordura. No se detendría ante nadie. Nunca volvería a ser Tino. Ni ante los ojos de mi hijo. No tendría ni el respeto de mi hijo. Y me convenció. La puta de Carol me convenció.

Si no te rajas vamos a coger más seguido. Piensa en la liposucción. Cuando seas delgado me excitaré tanto que dejaré que me la metas todos los días.

Lo hicimos un miércoles de ceniza. Acepté que forzáramos la cerradura. Necesitábamos que luciera como un atraco. La criada, después del súper, se detendría en la iglesia. Pinche vieja mocha, dijo Carol, no sabe el favor que nos hace. Nos sobraba el tiempo. Haríamos la maniobra con tranquilidad. Mamá estaba por completo indefensa. Parecía que formaba parte del plan. Que era cómplice.

La encontramos sentada en la mecedora. Sostenía un pan de dulce entre las manos. Lo espulgaba. Nunca le había gustado el relleno de la panadería de la esquina. Ese lugar está lleno de ratas, afirmaba. La mermelada que le sacaba la echaba sobre un periódico colocado en el piso, al lado derecho de la mecedora.

Comenzamos a revolver los objetos de la sala. Volteamos los cajones del escritorio de papá. En la cocina se hallaba hirviendo un pollo que la criada disponía para la comida. Carol vertió el contenido de la olla con violencia sobre la mesa del comedor. Se aseguraba de que le llevara todo el día limpiar los restos del supuesto robo.

Entonces mamá nos escuchó. ¿Quién anda ahí?, preguntó.

Pretendió levantarse pero Carol la retuvo. Yo la inmovilicé con la soga y la atamos. Comenzó a llorar. Carol me ordenó con señas vaciar los dos millones en una mochila. Aunque era su octavo mes de embarazo, se desplazaba por la casa con una destreza inusual para su estado. Al parecer había ensayado antes cada movimiento que realizaría. Había estudiado a la perfección cada una de sus acciones.

¿Quién anda ahí? ¿Quién es? ¿Qué hacen?, gritó mi mamá. Auxilio. Auxilio. Ayuda. Ayúdenme.

Comenzó a desesperarse. A lloriquear. A luchar contra la cuerda que la sostenía unida a la mecedora.

Yo estaba paralizado. Bien escamado.

Nos van a atrapar, pensé. Nos va a cargar la chingada. Van a venir a asomarse los vecinos. Que se calle, que se calle, rogué. La puerta principal estaba semiabierta. Lista para ser el único testigo de nuestra huida. Yo la contemplaba con temor. Toda mi vida la había atravesado sin dificultad. Pero presentí que esta vez sería distinto. Después del atraco, no volvería a ser lo mismo. Tal vez no podría regresar. Quizás el recuerdo de ese día me perseguiría. Me impediría volver a entrar a la casa.

Un grito culero me hizo salir de mi trance. Carol estaba apuñalando a mi mamá. Vi su silueta de embarazada blandiendo el cuchillo con desinterés. Un desinterés que se podría traducir en torpeza. La torpeza que indicaba que Carol no sentía absolutamente nada al acuchillarla. Era un mero trámite para ella. No vi en sus ojos el mismo odio que, por ejemplo, los habitaría si estuviera asesinando a la criada. Lo hacía mecánicamente. Sin apasionamiento. Apasionamiento que sí experimentaría si me estuviera matando a mí.

Carol, ¿qué haces?, pendeja, le grité. Qué chingados haces. Puta madre.

Cállate. Cállate, pendejo. Cierra el hocico.

Mamá nos reconoció.

¿Hijo? ¿Carol? ¿Hijo, eres tú? ¿Qué hacen? ¿Qué me hacen?, gritaba.

Sujeté a Carol. Era tarde. La había apuñalado cuatro veces. Agarré el teléfono.

No seas estúpido, qué haces, me ladró Carol.

Llamar a una ambulancia.

¿Estás loco? Vámonos. Vámonos. Idiota. Si vienen nos van a meter a la cárcel. Nos van a encerrar.

Pero se va a morir.

Vámonos, hay que largarnos. Déjala que se muera, al fin que no es tu mamá.

Cómo la voy a dejar. Por qué lo hiciste. Esto no estaba en el plan.

Vámonos, idiotota. No seas llorón. O quédate, si quieres. Quédate, imbécil. Pero vas a ir a la cárcel. ¿Eso quieres? ¿Eso quieres, retrasado?

Hijo, hijo mío, Tino, gritaba mamá mientras huíamos del departamento.

En la esquina tomamos un taxi. Carol le ordenó al chofer que nos llevara a un hotel. A uno caro. Antes de llegar al Holiday Inn paramos en una vinatería y Carol compró dos kilos de vodka. En el taxi abrió una botella y se pegó un largo trago. Desde que habíamos salido del departamento no había visto a Carol a la cara. Cuando bajó la botella la miré para decirle que se calmara, que estaba embarazada. Fue cuando la vi a los ojos. Unos ojos como los de mi madre, ciegos. Ofuscados. En su rostro descubrí una gran sonrisa. Carol sonreía.

Desde el hotel pedimos cocaína. Cuatro mil pesos de merca.

Tuve que confesarle a Carol que por la prisa no había conseguido levantar todo el dinero. En la mochila sólo había unos ochocientos mil pesos. Pensé que me esperaba la cagada de mi vida. Era la oportunidad que habíamos esperado por meses. Y la había desperdiciado.

Tranquilo, me dijo. No quiero oír tus gimoteos. Qué importa. Tu mamá va a morir desangrada. Vas a heredarlo todo. Vamos a celebrar.

Carol comenzó a drogarse sin control. Yo no podía dejar de pensar en mamá. ¿Ya estaría muerta? A Carol le valía madre, pidió servicio al cuarto. Camarones empanizados.

Se sacó los tenis sin desabrochárselos y se acostó en la cama a ver una película.

Cuando pase el desmadre, en unas horas, me dijo, ponemos el dinero en la caja del banco y regresamos a la casa.

Yo estaba temblando. No me podía controlar. Ni siquiera se me antojaba un trago de vodka para el susto.

Y qué, me preguntó Carol, no te vas a meter una rayita de coca. Para la emoción.

Yo seguía conmocionado por la conducta de mi esposa. Sabía que era ambiciosa, prepotente, insensible, pero jamás me imaginé que fuera capaz de asesinar a alguien, y menos a una anciana ciega.

Carol, por qué lo hiciste. No estaba contemplado. Has matado a mi mamá.

Ya cálmate, me gritó. Cálmate, no seas chillón. Mejor piensa en el testamento. A estas horas seguro ya se desangró y hasta la encontraron. Nadie va a sospechar de nosotros. Diremos que saliendo de la escuela pasaste por mí y nos fuimos a coger a un motel.

Me confesó que lo había hecho para que yo heredara toda la fortuna de una vez. Y no esperar a que muriera mamá. Para qué quería el dinero si estaba ciega. No podía disfrutarlo.

Carol tenía todo contemplado desde el principio. En realidad los dos millones le valían. A ella le importaba la fortuna. Me había embaucado. Me había visto la cara de pendejo.

Se embriagó y se drogó tanto que no pudo abandonar el hotel. Pasamos allí la noche. Yo no conseguí dormir. Sólo observarla noqueada. Inconsciente. Dormida como un triunfador ebrio. Como un futbolista que ha ganado el campeonato. Que yo heredara los bienes de mamá por fin la desligaba del barrio. Por fin podría dejarlo atrás. Sin que existiera la menor posibilidad de recobrarlo. De volver. El barrio estaba sepultado.

Al amanecer salí a comprar el periódico. No sé si para atormentarme o para aceptar de manera oficial la muerte de mamá. O para enterarme de si sospechaban de nosotros. El crimen acaparó la portada de la sección policíaca. Crimen es un decir. La noticia afirmaba claramente que papá había vuelto al departamento por unos documentos y descubrió a mamá aún con vida. Llamó a una ambulancia y los paramédicos la salvaron de la muerte. El nombre de Carol y el mío aparecían en el texto como el de los autores del intento de homicidio.

Regresé al hotel por inercia. No deseaba volver. Carol seguía dormida. Ella no sabía que mamá se había salvado, por lo que no comprendí su descanso. Yo no podría desconectarme después de acuchillar a una persona. La desperté. Levántate, Carol, que ya nos jodimos.

El periódico no le infundió miedo. Carol seguía anestesiada por la cocaína. Al parecer nada la amedrentaba. O tal vez sintiera que no era culpable. Que no era ella, Carol, quien había apuñalado a mi madre. Tomó el teléfono y pidió servicio al cuarto. Un club sándgüich, un par de cervezas y fresas con crema.

Su idea del escape seguía firme. Nos largaríamos a Mazatlán en dos días. Ella seguía dispuesta a despilfarrar el dinero.

No salimos del hotel en todo el día. Carol siguió atascándose. La coca la mantenía ajena a las noticias de la televisión. Nos buscaban. Yo llevaba treinta y seis horas sin comer.

Sólo fumaba. No tenía estómago para emborracharme. No había probado la coca.

Al anochecer, Carol seguía bien prendida. Nadie le ganaba a esnifar cocaína. Espere a la madrugada, a que se rindiera. Apenas se quedó botada agarré el dinero y salí del hotel. Ni siquiera pagué la cuenta.

Desde el teléfono público de la esquina denuncié a Carol. En menos de veinte minutos la capturaron. Al hotel llegaron diez patrullas, aunque un solo policía hubiera podido con Carol. Comprendí que pretender asesinar a una ruca ciega y millonaria es una bonita manera de ganarse un arresto espectacular. Cuando la esposaron andaba bien pasada. Gritaba que la llamada no había sido anónima, que la había entregado el autor intelectual del crimen. El Gordo Patineta, el tapir, el ornitorrinco eunuco, el manatí. Su esposo. El hijo de la doña. Ella era inocente, yo lo había planeado todo, gritaba, por qué me van a encerrar a mí, atrapen al puto gordo.

La sentenciaron a veinte años de prisión.

Un mes después del robo Carol dio a luz en el ala de mujeres del CERESO. La cárcel es un barrio. Peor que en el que había nacido Carol. El abogado le informó que por órdenes de mamá la tendrían a dieta de tamales. Había pagado a las celadoras para que impidieran el paso de comida a sus familiares. El menú que les servirían a las otras presas también se lo tenían prohibido. Si deseaba comer, sólo le servirían tamales.

Pobre Carol. El niño que dio a luz había nacido con una malformación. A causa del abuso de droga y de alcohol. En lugar de ojos tenía sólo dos huecos mórbidos, lejanos. Como resanados por una capa de pintura color carne. Al fondo, se advertían dos protuberancias ínfimas, desgastadas. Clausuradas. Con un punto muerto en el centro. Un punto exactamente igual al que observo en mis ojos. Un punto que el espejo del hotel en el que me escondí me regresaba contra mi voluntad.

A los tres meses del atraco subí a la plancha. La lipoescultura fue un éxito. Me había deshecho de treinta y ocho kilos de sobrepeso en unas horas de cirugía. Necesité de unos cuantos días de hospitalización para recuperarme. Me sentía una estrella de rock.

Cuando me dieron de alta se me caían los pantalones. Eran talla cuarenta y dos. Ya no era gordo. Nadie podría decirme nunca más Gordo Patineta.

Después de la operación me quedaron doscientos mil pesos. Lo suficiente para vivir un par de meses y planear mi siguiente atraco. No me iba a conformar sólo con una liposucción. Quería una rinoplastia. Y que me quitaran la papada.

La jota de Bergerac

Las jotas que nos vestimos de mujer somos seres fascinantes, se dijo Alexia.

Entre el bufe y la anorexia, el *rush* y la putería, el dopaje y las canciones de amor no correspondido, Alexia era la más bonita, la más escultural, la más perfecta de todas las "vestidas" de la ciudad. Sólo tenía un defecto: su nariz. Un promontorio obsceno, insultante, desproporcionado. Empecinado en desafiar la delicadeza de su rostro de modelo europea de imitación. Libre de imperfecciones, de impurezas, de cicatrices.

Las jotas que nos vestimos de mujer somos seres fascinantes, repitió frente al espejo, e ignoró el abultamiento en su rostro. Abultamiento que asemejaba la lomita del pícher en un campo de béisbol.

"Él me mintió. Él me dijo que me amaba. No era verdad. Él me mintió". La voz de Amanda Miguel salía de una grabadora. Oír esa canción mientras se colocaba la peluca se había convertido en un ritual insondable. Ni Marisela, ni Lupita D'Alessio, ni Myriam de la Academia, conseguían sacarla del masomeneo que experimentaba cada noche de sábado antes de salir a putear. De qué le servía lucir más guapa que cualquiera de las "vestidas" que recorrían la avenida Morelos si nunca había ganado el Miss Gay.

Alexis era una jota masomeneada. Soñaba con encabezar la marcha del orgullo gay. Había nacido para ser una reina. Y sus clientes la llamaban niña, nena, princesa. Pero nunca reina. Una primera dama, pensaba, no puede presumir una nariz como ésta. Por eso no me colocan la corona. Cada año participaba en el concurso. Cada año ganaba en la categoría de mejor figura. Cada año los jurados anhelaban entregarle el primer lugar, pero en cuanto la miraban a la cara se decidían por otra participante. La nariz de Alexia los ofendía. Fue entonces, después de perder tres ocasiones consecutivas el certamen, que decidió operarse.

Así como a cada puta le llega su padrote, a cada loca le nace su mayate. Y el mayate inconcebible de Alexia no era ningún cholo, ningún albañil, ningún malandro. Su explotador era su propia nariz. Que la obligaba a prostituirse incansablemente los fines de semana. "El cuerpo es un tirano" había oído decir a una "vestida". Hasta que otra la corrigió, "No, mana. El tirano es el culo". "La verga es la tirana", terció otra más. Todas estaban equivocadas, pensaba Alexia. La única tirana era la verdad. Y la verdad de Alexia era que pertenecía a esa clase de joto que luce mejor vestido de mujer que de civil.

Existen dos clases de "vestidas". Las vestidas de tiempo completo, las *full*, y las que sólo se transforman para trabajar. Alexia era una mujer. A la que no le importaría esclavizarse para siempre a unos tacones si no fuera por la méndiga nariz que le otorgaba una apariencia *freak*. En el "ambiente" los defectos de fábrica son el tormento personal.

Las lonjas, las piernas flacas, la falta de senos. Pretextos ideales para ejercer la falta de autoestima.

Y qué es una jota sin autoestima. Una jota feliz. Desinhibida. Pero Alexia no podía ser feliz, no siendo tan *fashion*. Que se resignaran las malhechas, las hombrunas, las marranas. Ella no. Ella se encontraba a una cirugía de la perfección. "Antes muerta que operada", le había ladrado una "vestida" afuera de La rueda. Pinche envidiosa, pensó Alexia. Pero ora que me haga la rinoplastia me voy a levantar a toda la puta ciudad y las voy a dejar sin clientes, culeras.

Las jotas que nos vestimos de mujer somos seres fascinantes, insistió Alexia.

Le prendió una veladora a San Judas Tadeo y salió a la calle. Era una morena espectacular. Qué diferencia con su atuendo de Alex. Como hombre era una figura sin chiste, ignorable. El atractivo de su cuerpo desaparecía. Por el contrario, las mallas y la minifalda lo convertían en un objeto deseable a cualquier hora de la madrugada. Era tan escandaloso el contraste que como Alex jamás había logrado levantarse un hombre.

Aquella noche no se decidía a hacer la Morelos o a sentarse en la esquina de La plaza de armas o a plantarse afuera de La rueda. En los últimos meses la clientela andaba escasa. La crisis permanente, el aumento masivo de la pérdida de empleos, las narcoejecuciones y una falsa alarma de amenaza epidemiológica, provocaban que los clientes se sordearan. Que se refugiaran en la masturbación. O que desarrollaran inéditas parafilias. Sólo los incondicionales patrullaban las noches en busca de su dosis de cuerpo. Recibieran o fueran recibidos.

A los catorce años, dos sucesos habían transformado la vida de Alexia. Y aunque pareciera que fueran responsables de todo el devenir de su vida, en realidad lo sustancioso no eran los acontecimientos sino lo que desencadenaban. A partir de ese momento todo sería transformación. Alexia no dejaría nunca de metamorfosearse.

Apareció el deseo. No el deseo por ser activa o pasiva. O ambas. El deseo por ser una *transformer* profesional. Por nunca vivir una transacción con un cliente de la misma forma. Ser distinta siempre. Que un cliente asiduo nunca se acostara con la misma Alexia. Que nunca se familiarizara con ella. Sin importar cuántas cogidas hubieran pactado. Sin importar la cantidad de pelos, sudor, caca, semen y sangre que se dilapidara.

El principal orgullo de Alexia era satisfacer al cliente. Proporcionarle el placer exigido. A los catorce años, un señor barrigón la llevó al río creyendo que era mozuela. Pero ya era puta. Había perdido la virginidad a los doce con un tío. Al final, después del acostón, el señor la recompensó con unos billetes. Y recibir dinero a cambio de obsequiar su cuerpo pobló a Alexia de un retorcido sentido del deber. Exprimiría su carne. Si fuera una mujer anatómicamente correcta, pensó, rentaría mi útero.

Después, vino el amor. Y la decepción. Existe una diferencia abismal entre un hombre y una mujer que se prostituyen. Cuando ambos han sufrido una derrota amorosa, la mujer se dedica, con indiferencia y menosprecio, a reconstruir el trauma, el complejo (las tetas pequeñas, la ausencia de nalgas). El hombre no, él se dedica con ahínco a reconstruir su amor. Y sin importar que no pudiera volver a enamorarse, como le sucedía a Alexia, en verdad se entregaba en cada transacción. Era contradictorio. Alexia no confiaba en los hombres, no deseaba uno a su lado, no soñaba más con la réplica del hogar heterosexual. Sin embargo, era capaz de ser la mejor ama de casa de la historia.

Cirujearse era la única solución. Pero a ese paso, la calle estaba muerta, tardaría cinco años en reunir el dinero. Entonces tendría treinta y cinco años. Y sería una reina marchita. No entendía cómo una muñeca de su altura tenía que sobajarse a mamarle la verga a cualquiera por cincuenta pesos. Ella tenía la obligación de vender caro su amor. De cotizarse. Al cliente lo que pida, aseguraba, pero hay niveles. Una jota puede enamorarse de un cholo, de un macuarro, de un marranilla, pero el negocio era sagrado.

Necesitaba juntar una cantidad escandalosa, no era como sacar para la piedra. Trabajitos de cincuenta estaban bien para las adictas a las que les urge fumarse la dosis. Una intervención quirúrgica era un lujo al que ninguna de esas perdidas aspiraban. Una solución fácil para talonear el dinero era hacerse la querida de un narco o de un político. Otras lo habían conseguido. Pero, una vez más, su nariz se interponía.

Tras mamar dos o tres miembros, las "vestidas", ante la falta de clientela, ingresaban a La rueda a bailar, a beber. Alexia no. Se mantenía inamovible. Era la reproducción idéntica de Marga López en *Salón México*. Se arrastraba por un mísero peso. No para pagar los estudios de su hermana. Para erradicar de su rostro la ignominia que representaba su nariz. "Vente, jota", le dijo La Tropicana. "Entremos, ya no hay nada". Sin embargo, Alexia no renunciaba. No le agradaba mamársela a borrachines, a pordioseros, a cargadores, pero se repetía a sí misma: Es parte del chou.

La rueda era el bar gay de más jerarquía en la ciudad. Adentro, jotos, "vestidas", mayates y lesbianas medio socializaban, porque como dijo una de ellas, "Ya ven cómo hay jotas raras". Alexia sólo entraba al bar una vez a la semana. A tomarse unas cervezas. A ligar. O a oír los chismarajos. Otras se la vivían dentro. No podían respirar en la calle. Alexia no, se quejaba de que no soportaba ver a tanto joto junto.

Una noche, a las cuatro de la mañana, no quedaba nadie en la esquina excepto ella. Estaba a punto de largarse a su casa. A cumplir con la obligación desoladora de volver a ser Alex. A deprimirse porque como Alex no valía nada. Los hombres lo detestaban. Algo atroz, se recriminaba, porque hasta la jotilla menos agraciada agarraba siquiera un taquito. Lo del señor barrigón, su primer cliente, fue debido a la edad. Entonces era un lolito. Y su fama de ninfeto se desvaneció con los años. Su imagen de apetitosa criatura se trasmutó en el apelativo La jota de Bergerac. Pinches "vestidas", son reignorantes, pero cuando se trata de ridiculizar a otras son chingativas hasta lo culto.

Era una noche mala para Alexia. Ni una mísera mamada le había caído. Y lucía sensacional, no sensacionalista como las otras locas deformes, en su vestido rojo pegado al cuerpo, tacones de aguja negros, acompañado por un monedero imitación de piel de lagarto. Lista para desfilar por la alfombra roja. Como una Eva Longoria.

Era una madrugada calurosa. Se encaminó a la acera opuesta para subir a un taxi, pero un auto rojo le impidió continuar con su trayecto.

Fue así como conoció a Wilmar. Y el cubano le cambió la vida.

A la mañana siguiente, Alexia volvió a ser el insignificante Alex. Un putito narizón con chanclas. Cómo extrañaba el magnetismo que imponían las zapatillas. El paso tumbahombres.

La fama de su nariz se había extendido a todo el barrio. El apodo de La jota de Bergerac era de dominio público. A sus espaldas lo bergeraciaban. Despiadaban sobre su descomunal nariz. Pero él era Marga López en *Salón México*. No importaba cuántas vejaciones sufriera, cuánta purgación le promovieran, la recompensa sería abandonar el limbo de la indiferencia de los jueces del concurso. "Jota nariz de gallega", "Cotorrita", "Jota hornillona", era la carrilla que Alexia soportaba. Pero esa mañana los furibundos adjetivos no la masomeneaban. Sólo pensaba en el cubano. Palos y piedras me lastimarán, palabras no, se decía.

Mientras lavaba los trastes recordó las vicisitudes de la noche anterior. Su huida, de los brazos de Wilmar, cual vil Cenicienta incómoda. Quien no se obsequió siquiera con una zapatilla que permitiera seguirle el rastro.

A las dos ya estaba decidida a marcharse a casa. A cumplir con el rito de oír a Amanda Miguel al momento de despojarse de su peluca, "Mentiras, todo era mentiras. Palabras al viento", cuando un cubano desde un auto rojo le preguntó su nombre.

Cómo es que tú te llamas, cosa rica.

Alexia respondió insegura. Cohibida, por temor a que la aproximación de su rostro fuera a espantar al cliente. Después de que ardió el fuego de su nariz, empezó el humo de la resignación. Wilmar no se amedrentó por la indecible protuberancia que afeaba el rostro de Alexia. El desánimo que experimentaba Alexia, el mismo que padece alguien cuando ve un auto del año chocado, menguó con la naturalidad que le prodigaba el cubano. Como si su nariz no existiera. Aunque fuera innegable. Sin embargo, Wilmar admiró las propiedades anatómicas de Alexia. No reconocía mejor cuerpo en una "vestida" desde que había arribado a la ciudad.

¿Te acompaño?, consultó Alexia, intuitiva, sospechaba que el cubano era generoso. Podría hacer la noche con un solo cliente.

Yo soy muy especial, le respondió. ¿Me tratarás bien, titi?

A Alexia le hubiera gustado regalarse al turista, se sintió conmovida por el cubano, pero su desesperada situación la obligaba a cobrar por sus servicios. Cuando dentro del auto Wilmar le dijo Qué cosa rica tan bien armada, adoró encontrarse con alguien que por fin reconociera las virtudes de su cuerpo.

Y era sólo el principio de lo que Alexia podía ofrecer. Meterse con una "vestida" en ocasiones es decepcionante. Desnudas son un despojo. Por esa razón algunas prefieren no desvestirse por completo. Que las penetren o penetrar con su atuendo intacto. Es comprensible. Imaginen a la Mujer Maravilla sin su lazo dorado. Sería como cualquier ñora gorda. La diferencia que marcaba Alexia era que al encuerarse develaba sorpresas. Las piernas, las nalgas, la verga, el cuerpo fibroso sin llegar a ser masculino, la peluca radiante, todo se sumaba para consolidarse como la fantasía perfecta de cualquier aficionado a los travestis.

Wilmar, a quien le encantaba ocupar, pero también ser ocupado por un miembro mientras sentía una peluca restregarse contra su espalda, se sintió desarmado ante ese crack hecho de carne. No como las otras "vestidas", que sólo ofrecían debacle. Y el trauma, el complejo, que siempre impelía a Alexia a trabajar con la luz apagada se difuminó en la habitación del Fiesta Inn. Durante el acto el cubano se colocó detrás de Alexia, quien se sacudía de pie por las embestidas del negrón. Absorta, no se percató de que se situaban frente al espejo. Sólo hasta que alcanzó a levantar la cabeza se enteró de lo que sucedía. Desafiante, sostuvo su mirada sobre su nariz. De inmediato, silenciosa, comenzó a llorar. La rabia la inundó a causa de su geografía facial. El cubano la sorprendió llorando. No se detuvo. Continuó con la penetración hasta eyacular como elefante: un litro de semen.

Qué es lo que te tiene acongojá, chichi, le preguntó Wilmar.

Alexia encendió un cigarro. Como buena jota mintió. No quería descifrarse ante él. Inventó una historia. Su madre enferma. Su hermano desempleado. Su vida en la catástrofe. Tranquila, chica, no te arrecies, le dijo el cubano. Te pagaré buenas fulas por la "templeta". Wilmar andaba forrado. Era la nueva adquisición del equipo de béisbol Vaqueros Laguna. El pícher estrella. Hacía como tres semanas que había llegado a reforzar al equipo. Desde su primera noche libre en la ciudad se había dedicado a cazar "vestidas". Su vicio. No bebía, no fumaba, no consumía drogas. Su delirio eran las "vestidas".

Todo el día Alexia pensó en Wilmar. No lo amaba, no. Se había prometido a sí misma jamás volver a involucrar sus emociones. Que la usaran, la mancillaran, transgredieran. Que la lastimaran. Pero que no la enamoraran. Desde que su tío, su iniciador, le rompiera el corazón, jamás volvería a poner sus emociones al descubierto. El gesto del cubano la había conmovido. No al grado de desarrollar sentimientos hacia él. La cautivó indagar que en el mundo todavía existían personas que se alimentaban de los sentidos. Que no les importaba tragar el escarnio, a cambio de descifrar el placer implícito en un cuerpo.

"No me vuelvo a enamorar. Totalmente, para qué. Si la primera vez que entregué mi corazón, me equivoqué", cantaba Alexia. Y recordó el "Pelucón" que le organizó su tía a los trece años. La vocación de Alex por vestirse de mujer desde pequeño divertía a la hermana de su mamá. Una ñora, con los deseos frustrados de tener una hija, que disfrutaba ver a su sobrino en el papel de señorita. A escondidas lo maquillaba. Le enchinaba las pestañas. Le enseñaba a caminar con zapatillas. Lo mimaba con vestidos, falditas, corpiños. Una "vestida" es como un carro alterado. A Alexia le tunearon la psique y el motor. Pero la más exitosa transformación la sufrió en la carrocería. Su tía, orgullosa, después de promover entre las vecinas una hamburguesada para comprarle su peluca de cabello original, el famoso "Pelucón", le tomó una fotografía. Y sólo hasta que la revelaron, Alexia descubrió que su estado ideal era vestido de mujer.

Wilmar era un *golden boy* para el equipo. Para Alexia la oportunidad de conseguirse un cliente fijo. Un consumista de su carne que le garantizara determinada cantidad en un periodo no demasiado prolongado. Sintió que la operación estaba próxima. Debía aprovechar el descuento de diez mil pesos que promocionaba un cirujano en la página de un periódico amarillista. Con celo, guardaba en un cajón el cupón doblado que en una ocasión arrancara frente a los ojos de otra jota, quien soltó una risita. Alexia se ofendió, pero secretamente se guardó el papel.

A las ocho de la noche se echó en la cama a mirar películas en blanco y negro. Prefería encerrarse a mirar a Dolores del Río que pasear su nariz de yunque por la calle.

Wilmar era su Pedro Armendáriz. Su amuleto contra el infortunio. Alimento para su ego. Y por sobre todas las cosas, su *ticket* para la cirugía.

Una semana después del levantón, Wilmar apareció en su auto en la esquina de Juárez y Muzquiz. Las "vestidas" chiquillas, de diecisiete diecinueve años, vampíricas impostadas, se lanzaron sobre el cliente convencidas de que La jota de Bergerac u otras más viejas no tendrían oportunidad de trato. Era la historia de los últimos dos años. Alexia perdía impacto. En sus inicios como puta los consumidores obviaban la fealdad de su nariz a cambio de la frescura de su mocedad. De la novedad de su cuerpo. Pero desde la irrupción de las cada vez más jovencitas "vestidas", catorce quince años, nadie le perdonaba su improperio facial. Nadie recordaba que bajo la aberrante nariz se localizaba un cuerpo sin fisuras, una aventura irrepetible. La clientela de las "vestidas" es vulgar. Sólo desean ultrajar.

Y a ellas les encanta ser ultrajadas.

Excepto a Alexia. Quien dejó a todas pendejas cuando Wilmar bajó del auto, la tomó de la mano como a una reina y la condujo al asiento del copiloto para abrirle la puerta. Una deferencia prodigada sólo a las hijas de familia, a las novias oficiales, artefactos más postizos que las "vestidas" mismas. Gigantas en su rencor, impolutas, las putas se consumieron en sedición al ver el Jetta rojo del año alejarse rumbo al bulevar.

En el interior del auto Alexia leyó Inglaterra en el desodorante para auto que colgaba del retrovisor. La palabra le cimbró la mente. Ella era una reina sin corona. Una reina saboteada. La referencia al país le removió las entrañas. Reconoció una alcurnia reservada sólo para ella. Un discurso que le recordaba un origen perdido, insoportable, una raíz que se obcecaba en recobrar. Por eso la cirugía, la urgencia del cetro Miss Gay. Para no reprocharse a sí misma desobedecer su legado. Londres, era en lo único que pensaba Alexia en su segundo servicio a Wilmar. Vino a su mente el Big Ben al ver el enorme miembro del cubano. Aunque no lo conocía, mientras era penetrada recorría con su imaginación Camden Town. Se situaba frente a un aparador de Oxford Street enfundada en un abrigo atigrado.

Conforme Wilmar se acercaba al orgasmo, las visiones londinenses se sucedían vertiginosas en Alexia. Manolín, El médico de la salsa sonaba como *soundtrack*.

Fue así como se instituyó el trueque semanal entre el cubano y la "vestida". Wilmar se sometía al *dogout* del equipo durante las series y en su tiempo libre lo sometía Alexia. El éxito de la relación entre ambos radicaba en el gusto de Wilmar por una mulata con una buena verga entre las piernas. La "vestida" común se avergüenza de su miembro. Procura ir siempre bien montada. Alexia también, pero al momento de desnudarse sabe reconocer que es un hombre. Y sí, Wilmar era un negrón al que le gustaba dar tranca insobornable. Pero en Alexia obtuvo su fantasía antaño añorada: una Eva Longoria mangueruda.

Siempre es lo mismo, se dijo Alexia, los pinches hombres y su vocación por bajarte la luna y las estrellas. En una cita, Wilmar le comunicó que deseaba sacarla de trabajar.

El hombre es un falso redentor. Apenas habían transcurrido cuatro encuentros y Wilmar se instalaba en el papel de Miguel Inclán, el policía que quiere rescatar a Marga López de la vida disoluta en *Salón México*.

Los hombres nunca entenderán que las "vestidas" son *bad seeds*. El *gospel* de la redención jamás podrá tentarlas. La calle es una religión contra la que no se puede luchar. Es como unirte al narco, no te puedes zafar. La "vestida" nace y muere en la calle. Y se reproduce. Muta. Y los sabores que se experimentan en un cuerpo pueden descubrirse en otro cuerpo. No exactamente iguales, pero sí refriteados. El refil del sexo es como ver una película que aunque conocemos de memoria no podemos dejar de atender.

Wilmar, ¿qué no entiende que soy un travesti?, le ladró la Bergerac.

Cuánto odiaba esa palabra. Travesti. Un anacronismo que no la alcanzaba a definir. Que no la representaba. Un sofisma sin el *glam* de "vestida". Pero lo pronunció para no crear confusiones. Ni autocomplacencias. Pero era una "vestida". Tenía que trabajar para sostener a su pobre madre.

Y sin proponérselo, mencionó la operación.

Una herida que no debió exponer. Necesitaba mantenerse imperturbable ante Wilmar. Su lema, "Al cliente lo que pida", así se lo dictaba. Y sí, el cubano amaba su miembro, su peluca, pero en realidad lo que Wilmar demandaba de ella era la seguridad. El porte de reina. La ausencia de flaquezas. Evidenciar la cirugía fue abaratarse, perder *target*. Si Wilmar pagaba ochocientos pesos por acostón, su valor se reduciría a los doscientos. Su apendejamiento propiciaba una caída. ¿Se puede caer más bajo? Clara. Alexia no poseía nada excepto su identidad de "vestida". Y mientras no se bajara de los tacones podría manejar el mundo. Situarse encima de sus plataformas plateadas le garantizaba la supervivencia.

Coño, yo te pago la operación, aunque pa mí así estás perfecta, la consolaba el cubano. Tú eres pura candela.

Ante tal estupidez, a Alexia no le quedó otra salida que actuar como Marga López. Convaleciente, se hacía la fuerte. La irrenunciable. Trabajaría hasta el final de sus días para reunir el dinero que la transportara para siempre a ese Londres de la mente. A ese estado inmaculado y perverso de portar la corona Miss Gay. El certamen se realizaría en dos meses. Y la bancarrota emocional revelada a Wilmar aseguraba que nunca sería la ídola de todas esas *queers*, lesbianas, torcidas, "vestidas", jotas y loquitas que abarrotaban La rueda todos los sábados en la noche.

Una dinosaura, una jota más vieja y experimentada, le había recomendado a Alexia que para no acceder a un final debía evitar todo principio. Pero era demasiado tarde. Era imposible ahora desasir a Wilmar de su circunstancia. "La verga es cabrona", le hacían saber de pequeña. Y "la verga de travesti es aún más cabrona". Sabia virtud de conocer el tiempo *glam*. Cómo sordear a Wilmar. Cómo negarse a su protección. Si se ofrecía a pagar la cirugía. A cubrir por completo la operación.

La historia interminable. El surgir del caballero para rescatar a la dama en apuros. Treparla en su caballo blanco. Salvarla de las desavenencias del Érase una vez. Pero lo que Wilmar no atendía de su ofrecimiento es que Alexia no era una mujer. A una mujer le puedes prometer, le puedes fallar, la decepcionas y siempre estará ahí. Su naturaleza es perdonar.

A una "vestida" tienes que cumplirle.

No se trata de amor. Es un pacto. Entre hombres.

Alexia lo rechazó. Sabía que eran los efectos de la calentura. Del enculamiento que el cubano padecía.

Úsame, Wilmar. Cógeme. Cógeme. Cógeme. Pero no pretendas enamorarme. No seas bueno conmigo. Utilízame, le dijo. Y luego arrójame a la calle.

El cubano la ignoró. Pensó que trataba con una mujer de su Habana natal. Y comenzó a mostrarse con Alexia en público. Le asignó una butaca especial en el estadio. Ella lo acompañaba a cada partido. Porque al cliente lo que se le antoje. Y Alexia no estaba vendiendo sexo. Ofertaba probidad. Una probidad que tuvo un efecto dramático en el cubano. En la pretemporada comenzó lanzando una curva de noventa kilómetros por hora, pero con dirección al cielo. Después de Alexia siempre encontraba la zona de estráik. La verga le sentaba bien a Wilmar. La verga es cábala. La superstición inherente a varios beisbolistas le sugería al cubano que había logrado controlar su curva gracias a que partido a partido Alexia ocupaba una butaca del estadio Revolución.

Y la relación se convirtió en un juego de amuletos. En un intercambio de sortilegios. En el vestidor de Vaqueros estaban vedadas las bromas acerca de la condición sexual de Wilmar. El cubano hijo de puta había blanqueado a Tijuana, Saraperos y Sultanes. Con la calentura de ese brazo conduciría al equipo al campeonato. Un trofeo que urgía, que ansiaba la afición desde hacía más de veinte años.

Mientras otros jugadores se deslechaban mentalmente con las porristas o con edecanes de Tecate, Wilmar se paseaba orgulloso y confiado por la ciudad con Alexia. En las entrevistas se podía ver la figura contrariada de la "vestida" atrás del pelotero. En el cine, en restaurantes, en reuniones con las esposas de los otros miembros de Vaqueros, Alexia estaba presente. Y la indignación se manifestaba en algunas familias de los jugadores, pero estaban amenazados por el couch de picheo y por la directiva. "Señores, quien no esté conforme con la situación, puede salir por la puerta". Nadie se atrevió a defender su postura. Aunque al interior de las relaciones reprocharan su trato con Alexia: por qué debemos de convivir con ese puto asqueroso.

Las medias sucias, la gorra sudada y Alexia eran los amuletos que promovían las lucidotas que se despachaba el cubano en el montículo. "El mejor abridor en la historia de Vaqueros", aseguraba el encabezado de *La Afición*, diario deportivo. Alexia se hizo indispensable también para las giras. Un fenómeno que observó el manager. En una salida a Puebla, contra los Pericos, Wilmar fue un costal. Le tupieron en el juego que abrió. A la siguiente semana, Alexia viajó con el equipo. Wilmar se sobró contra los Diablos Rojos del México. Ponchó a dieciocho. Vaqueros blanqueó, barrió y abarató a Diablos.

Conforme los días se sucedían, Alexia se convencía más de que era una reencarnación de la Marga López de *Salón México*. Asistía a comidas, a cenas en casa de los directivos de Vaqueros. Su atuendo se había modificado. La transformación jamás abandonaba a Alexia. La ropa otrora vulgar se volvió costosa. Una "vestida" del Palacio de Hierro. Y siempre que alguien cuestionaba a Wilmar por qué no se conseguía una morrita o una puta refinada, él respondía: "El amor cuando es sincero lo mismo se encuentra en un castillo que en una humilde vecindad".

A regañadientes, la figura de Alexia fue aceptada dentro del círculo *nais*. Despertó simpatía en algunas señoras. Las movía su condición de loquita. Las ablandaba. Sin embargo, otras la odiaban, no por ser "vestida", sino por la horrenda nariz. El recordatorio incesante e incoherente que laceraba a La jota de Bergerac.

No se pueden cifrar las esperanzas de un equipo en un solo hombre, no se pueden condensar los favores de una puta en un solo cliente, se decía Alexia. Esta reflexión coincidió con el inicio de los *playoffs*. Vaqueros recibiría a Monclova. Faltaban dos meses para el concurso. La emisión reciente del Miss Gay premiaba con cinco mil pesos a la ganadora. Miss Gay era sólo una expresión. No era un certamen para homosexuales. Era una competencia para "vestidas". Y Alexia perdía. Desde su afer con Wilmar sólo le había sonsacado la ropa y un par de zapatos Manolos traídos desde Houston. Pero ningún peso.

Una tarde, después del entrenamiento, Alexia le exigió a Wilmar que cumpliera su palabra. Quiero operarme, le ladró bien perra.

Pero titi, dijo el cubano, tú no eres más una puta. Ahora eres la mujer de Wilmar Hernández. Olvida eso. Nosotros ganamos el campeonato y te llevo a Cuba para que conozcas a mi familia.

Te recuerdo que estoy aquí para putear, aseguró convencida. Y tú me prometiste la cirugía. Sé un hombre. Cumple tu palabra.

Titi, no sigas ma. Te juro que te operan, pero hasta después de los *playoffs*. Y hasta te llevo de vacaciones a Nueva York, chica, cojones.

No, Wilmar. Nueva York ni una mierda. ¿Quieres que te respete? Cumple tu palabra. Sé un hombre. Dame el dinero para la cirugía.

Tú no puedes hacerme esto. ¿Y los zapatos, los perfumes, las cenas, qué?

Métetelo todo por el culo. Sólo me interesaba la operación. ¿No comprendes? Quiero deshacerme de esta nariz.

Tú lo que eres una puta salá. Coño, he invertido en ti lo de tres operaciones. No me quieras sacar más fulas.

Fue su primera pelea. El duelo de sortilegios había sucumbido al duelo de intereses. Wilmar la necesitaba, Alexia lo necesitaba. Requería la operación. Quería conquistar Londres, Inglaterra entera. Y comenzaría por La rueda. Por ganar el Miss Gay.

Abatida, Alexia dejó el departamento del cubano. Nunca había aceptado vivir con él. El día que Wilmar dejó el hotel, ella se negó a ser su sirvienta. Como cada noche, regresó sola a casa de su mamá. Se prometió a sí misma conseguir el dinero. Era viernes. Y estaba lista para salir a putear al día siguiente.

El sábado temprano Wilmar se presentó en la vecindad donde vivía Alexia. Era impensable lanzar el primero de la serie sin su presencia.

La jota, haciéndose la ofendida, muy digna ella, agarró sus tiliches y siguió al pícher. La rabia que la había sacudido toda la noche desapareció en cuanto vio al cubano. Las transformaciones incesantes que Alexia conocía ahora se trasladaban a Wilmar. No era el mismo a los ojos de ella. Con el negrón vino lo snob (el servicio al cuarto, las llamadas por celular, el refrigerador para mamá), el cariño, la saciedad. Pero aportó también odio y el recuerdo. Ante ella Wilmar se metamorfoseó en José, su tío. Su primer, su único amor.

José era el esposo de su tía la que le organizara el "Pelucón". Una colecta para un niño que no desea un carro de bomberos sino vestirse de mujer. Ser suave como gaviota pero felina como leona. Un puberto que sabía de memoria todas las canciones de Lucía Méndez, Lupita D'Alessio, Marisela, Estela Núñez. Un lolito que soñaba ser el ama de casa perfecta que cuidara y alimentara a su tío-amante-padrote.

El día que se presentó frente a José convertida en toda una reina su amor se consumó en la cama. Y la llama duró apenas unos instantes. Al ser descubiertos por la tía, Alexia fue desterrada para siempre de la familia. A José se le impidió volver a verla. Y Alexia, como la niña de Guatemala, murió de amor. Y resucitó al tercer día en la calle. En la esquina de Múzquiz y Juárez. Afuera de La rueda. Volvió a este mundo a putear. A absolver a los hombres del pecado. A purificarlos con su oficio.

Alexia Magdalena siguió a su Jesucristo negro. Aún quedaba un muro en pie. La jota de Bergerac lo seguía para no perder la fe. Imaginaba que Wilmar sostendría su promesa. Qué importaban las marcianas, tanta loca y el Miss Gay. Se operaría al finalizar la temporada. Estaría lejos de todo, de la ciudad, del pasado. Dejaría de ser un animal herido. Tendría nariz nueva en un sitio nuevo. Nadie sabría lo que había padecido por culpa de su antiguo defecto. El recuento de los daños, como decía su ídola Gloria Trevi. Y no volvería a oír el maldito apodo La jota de Bergerac.

Los Acereros de Monclova, favoritos para ser campeones, no pudieron contra el brazo de Wilmar. Vaqueros pasó a la segunda ronda. La relación entre Alexia y el cubano parecía un matrimonio con veinte años de antigüedad. No había sexo. Ni explosivo ni rutinario. Todo se resumía al momento en que Wilmar se paraba sobre el montículo y ella posaba en una butaca vip.

Horas antes del primer duelo contra los Saraperos, Wilmar fue llamado a la oficina del dueño del equipo. Se le notificó fríamente que al finalizar la temporada sería trasladado a los Potros de Tijuana. Su estancia sería breve, tal vez dos o tres meses. Sería trasladado a los Yankees de Nueva York. Jugaría con los prospectos un año y después pasaría al primer equipo. Se hablaba de él como el sucesor del Duque Hernández.

La concentración de Vaqueros se realizó en el hotel Palacio Real. Frente a La plaza de armas. Cada cuarto era ocupado por dos jugadores. Excepto el 502, compartido por Wilmar y Alexia. A partir del triunfo sobre Monclova, la sola historia del cubano y la "vestida" se bifurca. La historia irreversible: para ella. La militancia puteril que sólo arroja como testimonio la desazón que produce una cirugía que se larga volando. Y la historia reversible: la de él. Capaz de observar sólo la rehabilitación de su protegida. La resucitación. Como una nueva Lázaro, la "vestida" fue extraída del mundo de los muertos.

La vida de Alexia no termina como una historieta de tabarete. Con ella desconsolada, engañada. Aterida. Incompensada. No yace como víctima del *Libro semanal*. A cuatro días de su segunda aparición contra Saltillo Wilmar apeló a sus derechos. Lo asaltó la necesidad de sentir la violenta verga de Alexia en los pliegues del ano. Irse a cagar con dolor en el culo. Secarse un poco de sangre con el papel.

Limpiarse con cuidado. Para recobrar la fuerza en el lanzar. Ganar confianza. Ahora no le importaba nada. Ni Alexia. Sólo trascender. Se sabía observado.

Y para efectos de su historia, la penetración no significó gran cosa. Se vivió en dos planos. El superfluo: para él. Y el profundo: para ella. Wilmar saltaba sus temores con el dolor. Alexia se colocaba en un pasaje que le hacía confiar en la operación. Y vino entonces lo que nunca debe venir: la sinceridad. La honestidad traidora. Postcoital. Que apuñaló a Wilmar, al sentirse obligado a comunicarle a Alexia que lo transferían a Tijuana. Un silencio portátil apareció. Había surgido de un maletín. Como si el silencio hubiera estado transportándose incansable. A la espera del instante idóneo para emerger.

A veces conviene no decir nada, pensó Alexia. Se levantó. El portafolio continuaba auspiciando la falta de sonidos dentro de la habitación. Incluso cuando azotó la puerta, los tímpanos de ambos se mostraron inalterables. Salió del hotel, cruzó la calle. Volvió a donde pertenecía.

El pelotero la observó desde la ventana, convencido de que ella sospechaba que no le entregaría el dinero para la operación. Que viajaría sin ella.

Alexia ocupó una banca de La plaza de armas. Con desenfreno, el cubano esperaba que desapareciera. Pero no lo hizo. Por primera vez en su vida, Alexia pensaba en el campeonato. No en su nariz.

Aquel chiste viejo: "La que es bonita: es bonita. La que no: que se opere", le sonó amargo. La laceró, la masomeneó. La petrificó. La nariz se impuso sobre la vanidad. Esa nariz de estatua por fin había logrado inmovilizar a la jota. La incansable, nunca derrotista "vestida" intuyó que jamás se desharía de su trauma. Nunca abandonaría la noción de ser La jota de Bergerac. Compungida, bergeraciana, volvió al hotel. Al entrar, escuchó que Wilmar le decía Tesorito.

Cómo se explota una necesidad, se preguntó Alexia. Cómo obligo a este hijo de puta a que cumpla su palabra. ¿Y si me voy? No podrá lanzar. Quedará en ridículo. Alexia no podía traicionar al cliente. Aún a costa de su nariz. Esa nariz que en ocasiones menos desventuradas había escarbado con dedicación en el ano de Wilmar. La nariz del tamaño de la manzana de Adán. Quienes convierten su vida en un desagüe, terminan por sentirse fascinados con la mierda que arrastra. Quien edifica un infierno con humo de cigarro acaba por apiadarse de sus ínfimos diablillos.

"No se murió el amor", la voz de Mijares sonaba en el *lobby* del hotel. Alexia había salido a comprar cigarros al Oxxo. Se detuvo un momento a observar su reflejo en la puerta giratoria. No era más Alex, Alexia o La jota de Bergerac. Reconoció en su presencia la gatonomía de Marga López en *Salón México*. Sólo así pudo explicarse cómo era posible que renunciara a la operación. Era mentira lo que las jotas averiguaban, que su nariz era un detector de metales.

Era tarde para pensar en el Miss Gay. Incluso era tarde para el amor, jódete Mijares, pero nunca sería tarde para ser la Marga López, para arrastrarse, venderse, anegarse por la causa de otro. Por el triunfo de Wilmar.

Triunfo que consiguieron los Vaqueros en la serie contra Saltillo. Partidos en los que Alexia desfiló, desde el estacionamiento hasta su butaca reservada, sin pensar un solo instante en su nariz. Ni siquiera en el Miss Gay. Era la primera vez que se ausentaba del evento en doce años.

La noche que se disputaba el sexto juego ante Saltillo Wilmar necesitaba de su amuleto. De su reina. No importaba que ella hubiera perdido toda noción de Londres. Todo acercamiento al cetro era estéril. Alexia no dejaba de asumirse como Marga López. Que chingaran a su madre los jurados, los jotos y las "vestidas". Era más importante ganar el partido.

Una masomeneada Marga viajó a la Ciudad de México para el primer encontronazo de Vaqueros contra Diablos. Era la serie por el campeonato de la Liga Mexicana. Wilmar lanzaría el primer partido. La prensa pretendía ridiculizar al cubano. Hacía mofa de su acompañante. *El Universal* destacaba que el pícher era un fuera de serie, pero no sólo por su efectividad, sino por sus aficiones. Ya todo el público conocía las preferencias sexuales del pelotero.

Vaqueros ganó los dos primeros partidos en la capital. Volvieron a tiempo a la provincia para la marcha del orgullo gay. Wilmar sería el pícher abridor del cuarto de la serie. Alexia le informó que no asistiría al juego. ¿Pero estás tú loca, titi? Tú eres mi San Lázaro. Tú eres mi Changó. Imposible. Manifestaciones gay hay cada año. Un campeonato casi nunca. Quédate. Ya tú verás que si ganamos te compro la nariz de Thalía.

Nunca me he permitido faltar a una marcha, se defendió Alexia.

Renunciar a su credo era como pedirle a un guadalupano que no se parara en la Basílica un doce de diciembre. No era por puro vedettismo. Era una convicción. Titi, tú estate conmigo. Nos vamos a Tijuana. Me van a transferir. ¿No te gustaría empezar una nueva vida? ¿Estrenar nariz?

Después de que su tío la decepcionara, Alexia sólo había deseado una cosa, recluirse en un convento. Estaba chiquilla, no entendía lo genérico. Su mamá tuvo que explicarle que no podía convertirse en monja porque era hombre. ¿Te gustaría entrar al seminario? Hubiera sido el paraíso. Pero la ingenuidad y la ignorancia le robaron la dicha. Estaba tan enojada con los hombres. No advirtió que en el sacerdocio encontraría la dieta para zurcir sus heridas y sus apetencias.

Desde que había descubierto que no podría ser monjita no se atrevió a desear nada. Se negaba el consentimiento. Sólo se permitía el calor de los muchachos. Pero no eran un entretenimiento, eran su vida. Aunque ella no representara lo mismo para ellos. Alexia, como otras "vestidas", sabe dónde se encuentra su existencia. Siempre se preguntó por los mayates, ¿dónde estaban ellos? Se dividían entre sus adicciones, sus esposas, las "vestidas", el trabajo. Nunca se les localizaba en una circunstancia. Las "vestidas" no eran así. Conocían sus terrenos. Siempre podrían encontrarlas ahí: en la verga.

Alexia volvió a encender el anhelo sólo hasta que se enteró de que la cirugía plástica podría borrar la identidad de las personas. Ella necesitaba ser otra. El mismo cuerpo, el mismo culo, el mismo caminar, pero otra. Y esa Alexia estaba tan próxima. Tan cercana. Bastaba que el cubano esgrimiera la chequera. Por eso su desesperación junto a Wilmar la rebasaba. El sacrificio es sacrificio porque no conoce límites.

¿Huir de la nariz? ¿Sería posible?

¿Y mi mamá?, preguntó Alexia. No voy a dejarla solita. Lavando ajeno no completa.

Ése no es problema. La llevamos con nosotros. Ve, avísale que nos vamos después del partido. No creo que vaya a alargarse la serie. Éste no lo pierdo. Contigo en las gradas, titi, voy a lanzar puro Grandes Ligas. Junta tu equipaje, despídete de tus familiares, vende los muebles, que desde ya eres ciudadana de Tijuana.

Es una pena, mana, le dijo la Japón, una "vestida" del barrio. Que te pierdas la marcha. Pero ni modo. Tienes que acompañar a tu marido. Lo que daría yo por ser la amuleto de un cácher. Es pícher, pendeja.

Paulina, alias la Japón, como otras "vestidas" del rumbo, se acercó a la venta de cochera. El alboroto había atraído a tanto joto, que aquello parecía una convención de superhéroes portando su identidad secreta. Quien piense que no existe solidaridad entre las "vestidas" debería observarlas en la vida diaria. Toda la rivalidad existente desaparece. Sin cliente no existe presa que disputarse. En lugar de ser las panteras carcomidoras de la noche se asemejan a un grupo de amorfos flamencos rosa a güevo que desfilan por la pasarela que es el mundo. Por supuesto nunca descansan. Su modalidad de pájaras les permite seguir detectando al mayate.

Te sacaste la lotería o por qué estás echando todo para fuera, preguntó la Japón. Ay, no, babosa. Me caso. ¿No? Cállata. Van a transferir a Wilmar a Tijuana. Nos vamos mi mamá y yo con él. Me va a comprar casa. Ay, culera, qué suertecita. Cómo le haces. Te va bien a pesar de la naricita que te cargas. Alexia agachó la cara, pero de inmediato levantó la frente. Cómo serás liosa, pinche Japón. No seas malvibrosa.

Es que me da envidia, culera, dijo. Entonces Alexia lo vio venir. No es que la Japón no supiera cómo decírselo, estaba esperando el momento ideal. Sí, Bruce Wayne podía auxiliar a Clark Kent, pero Batman no es aliado de Superman. No importa que anduvieran de civil, las "vestidas" no perdían nunca sus superpoderes.

Ya eres la segunda que se larga a Tijuana. ¿No sabías? La Molko anda vendiendo sus triques. También se va con un beisbolista.

No hicieron falta las explicaciones. Las aclaraciones. Una "vestida" sabe que la información que maneja otra "vestida" es veraz. No se atreven a mentirse ni a sí mismas. Alexia comenzó a llorar. A la Japón le remordió la conciencia. Ay, hija, estaba enterada desde hace tiempo. Todas lo saben. Hasta tiene un palco en el estadio. Nadie se atrevía a venir con el chisme. Pero no me aguanté, tú aquí, deshaciéndote de tus pertenencias, malbaratándolas, con el trabajo que te costó juntarlas.

Gracias, mana, le dijo a la Japón. Entró a la casa. Mamá, no vendas nada. Mete las chivas. Al verla llorar, su mamá la abrazó.

Qué pasó, hijo. Nada. No nos vamos a Tijuana. Pero por qué, ya tengo listo mi pasaporte. No estoy bromeando, mamá. Se acabó. Lo mío con Wilmar tronó. Por qué. Qué hizo. Me engañó. Anda con la Molko. ¿Y eso qué es? Es una "vestida". Maldito traidor. Es casi una niña. Y cómo sabes, quién te dijo. ¿Los viste? Toda la comunidad sabe. Soy la burla de todas. No sólo se ríen de mi nariz. Ya hasta me pintan cuernos.

Yo creo que debe haber un error, hija, Wilmar es un buen muchacho. Vino a hablar conmigo. ¿Te digo un secreto? Me pidió tu mano. Me dijo que antes de irnos se casaría contigo por la ley esa. La que permite unirse a dos personas del mismo sexo. Nomás faltó que sacara el anillo.

Es un cabrón. Un mentiroso. Tarde o temprano me pagaría mal. Con razón ya no se metía conmigo. Me quiere sólo para que sea su monigote. Y esté ahí sentada dándole la suerte que no le sale de los güevos. Ya no me lleva a fiestas. Ya no me presume. Seguro se exhibe con la Molko. Pero se le acabó su pendeja. Que se consiga otra superchería. Que aplaste a la Molko en la butaca.

Estaba decidido. Participaría en la marcha gay. El campeonato que se vaya a la chingada. Que se los chinguen. A mí me vale madre el béisbol. A mí me gustan las pelotas y el bat pero de carne, y ni eso me da el pendejo. Chingue a su madre Marga López, dijo. Arriba la D'Alessio. No acudiría al juego ni a mentadas.

Como si el dolor no fuera el suficiente, deseó comprobar la traición. Dos días antes del partido observó el carro de Wilmar estacionado afuera de la maquila donde trabajaba la Molko. Salió la jota vestida de obrera, pero con los labios pintados, y subió al carro del pelotero. Siga a ese auto, le dijo Alexia al taxista. Se enjaularon en un motel. Pinche cobarde, dijo Alexia. No tiene el valor para llevarla a su casa. Así son joven, le dijo el chofer. Si le contara lo que he visto en este taxi.

Al día siguiente, veinticuatro horas antes del cuarto juego y de la marcha, sonó el teléfono en casa de Alexia. La jota tuvo que agacharse para contestar. Había vendido la mesita donde descansaba el aparato. Con qué sacrificios la había comprado, en abonos. A veces, su mamá tenía que esconderse del cobrador. Y tuvo que rematarla en sesenta pesos.

Era Wilmar. Titi, quiero verte. Quiero restregarme en ti desde ora pa que me entres suerte. No sabes cómo se me antoja que me des una mamaíta.

Mira, cabrón. No voy a ir al estadio. Déjame en paz. Ya has abusado suficiente de mí. No concursé en Miss Gay por andarte solapando tus pichaditas. ¿Y qué he sacado?

Pero, titi, ya yo te dije que te voy a fincar en Tijuana. Ya tú tienes tu cirugía asegurada. Hasta con la vieja vamos a cargar. Qué ma ocupas.

Quiero que me dejes en paz. Ya te dije, no voy a ir a tu puto juego. No me busques más.

Pero por qué te pones así, titi. Tú eres la reina. Cómo vas a dejar a tu *king* sin damisela. Después de mí eres la pieza ma importante del equipo. La jefa. La capitana. Tú me haces valer.

Consíguete una princesa, le gritó. Pero titi, no me hagas esto. Emputecida, Alexia colgó el teléfono. Cuánto tenemos de la venta, le preguntó a su mamá. Como dos mil pesos. Dámelos. Pero ay, hijo, luego cómo vamos a reponer las cosas. No te preocupes. Voy a trabajar. Para qué quieres el dinero. Me voy a comprar un vestido. Mañana voy a desfilar por la ciudad. Participaré en la marcha gay. Pero necesito el vestido más bonito, tengo que lucir más bonita que todas la culeras esas que van a desfilar.

Intentó comprar una pistola en el mercado negro pero no completó. Con eso apenas acabalas una pistola para el pelo. También tenemos pinzas. Planchas.

Tras vagar quince minutos por entre instrumentos de embellecimiento se tranquilizó. Su misión en la vida era ser bonita, no asesina. Quería la pistola para protegerse, pero qué podía hacerle Wilmar que no le hubiera hecho ya la vida. Decidió que sí se mercaba el vestido. No sin antes ponerse una buena borrachera.

Prefirió no entrar a una cantina de jotos. Seguro que ahí andaba alguna que conociera su desgracia. En el ambiente todas las locas se conocen. La verían como a la jota defectuosa que cambiaron por una niña. Pero todavía ni cuerpo tiene. Yo no sé qué le vio el cubano. Ay, pues lo mismo que le veía a la otra monstrua. Cada adefesio que escoge. Ese cubano está bien flipado.

Se metió a un *lady's* bar. Por primera vez en su vida observó a los tipos sentados en la barra. Estaba segura de que detrás de cada uno se escondía una pena tan mayúscula como la que la atormentaba a ella. Este razonamiento la hizo reconocerse como hombre. Desde la primaria no se asumía como varón. Un tipo a su lado, un fanfarrón, el don Juan sin encanto, lo invitó a un teibol, pero se negó. Para entrar en confianza, se recorrió unos asientos. Y a un lado del don Juan, estaba el clásico pastor sin rebaño. Borracho arrepentido, comenzó a sermonearla. El alcohol era el diablo. Te vas a ir al infierno. Yo me redimí. Ando aquí de paso. Soy un buen católico.

Ignoraba por qué se le ocurrió meterse a una cantina. Nel, ni madre, se dijo. No soy bato. Tampoco soy mujer, pero soy "vestida". Si éste es el mundo de los hombres prefiero el de los jotos. Y huyó de la cantina. En cualquier otra circunstancia hubiera intentado levantarse a cualquiera de los dos. Pero estaba tan deprimida para darse cuenta de lo que aquellos pobres necesitaban: una mamada. Un agujero donde meter su maldita soledad. Entonces le cayó el veinte de lo sucedido. Wilmar le dolía. Había confiado en él. Pinche Alexia tan pendeja, se dijo. Te volvieron a timar.

Derrotista, la necesidad de pisar sus terrenos la empujó a caminar por la Morelos. Quería sentir el desdén de la calle. Era la primera vez que paseaba por aquellos rumbos sin andar "vestida". En Morelos esquina con Blanco estaban taloneando la Japón y la Yadira. Mírate nada más cómo andas, joto, dijo la Yadira. Disfrázate, asustas. Cómo te atreves a salir así. Vas a perder el poco reiting que te queda.

Ando echando una vuelta. ¿A poco crees que vas a levantar algo así? Ve a vestirte. Nos vas a espantar a la clientela. Van a creer que andas asaltando. Nada más vine un ratito. A ver la calle. Y qué le ves. Como si no la conocieras. De aquí no sales. Ya vete a dormir. Cómprate unas caguamas. Tómatelas en tu casa. Es que quería verlas a ustedes vestidas, mana. Se ven bien bonitas de Barby piruja. Ni que nunca nos hubieras visto. Ya vete. Duérmete, loca. Traes una cara. Pareces lesbiana.

¿Te pedimos un taxi?, le preguntó la Japón. Pero Alexia no la escuchó, se alejó caminando rumbo a la Alianza. Pobrecita, dijo la Japón. Anda flipando. El beisbolista la cambió por la Molko. Le prometió casa, boda y cirugía, creía que ya se había roto la maldición de su pinche narizota. Me da lástima. Pos qué pendeja. Tan vieja y creyendo en cuentos de hadas. Eso que lo deje pa la Molko. Babosa, cómo se la creyó. Ay, no digas eso, se enamoró. Creyó que había encontrado el amor. Por eso digo: pendeja. Sabe que en esta profesión no se puede enamorar. Pero qué se puede esperar. Todas las jotas de San Joaquín han estado siempre bien dañaditas.

Alexia remató en el barrio, en casa de la Beneficencia Pública: una jota sidosa que recogía jotas sidosas que recogían jotas sidosas. Ya casi nunca se vestía, por eso estaba todos los fines encerrada. Ya peda, Alexia se desahogó con la Beneficencia Pública. Ay, hija, qué quieres que te diga. El matrimonio es para los jotitos que son hijos de familia. Eso no es para nosotros. Desde chiquilla te la diste de curra. Pero tarde o temprano te van a caer puros albañiles roñosos. Es nuestro destino. No soy una jota filosófica. Obsérvanos a todas. ¿Has visto a una feliz? Somos monjes budistas sin la iluminación. Así como ves este patio, todo cagado por las gallinas, es nuestro monasterio.

La Beneficencia Pública ya anda peda, dijo una loca. Eh, calmadas, culeras, déjenme desplayarme.

Alexia despertó cruda. Era sábado. Le apestaba la boca. Su cuarto estaba lleno de rosas rojas. Wilmar sabía que a Alexia se le mataba con ellas por la canción de Alejandra Guzmán. Parecía una epifanía. Como si el joto hubiera despertado en el paraíso.

Del arreglo más grande colgaba una tarjeta. Perdóname, titi. Te amo. Firma: Wilmar. La jota no se sorprendió. Ni cuando vio el hermoso vestido que la esperaba colgado de un clavo en la pared. Vino tu prometido, le dijo su mamá. Te ha buscado por todas partes. Me enseñó unos boletos de avión. Dice que confía en que van a ganar el campeonato. Quiere que vayas al partido. ¿Ya viste qué lindos zapatos te compró?

Las jotas son tipos duros. Alexia no se conmovió por los detalles. Sabía que Wilmar era una especie de "vestida". Un pobre jodido que no valía un peso en Cuba. Que pedía limosna de niño. Si no fuera por su brazo jamás habría abandonado la isla. Ni siquiera era original. Se comportaba así porque lo había visto en las películas. Pero ni aunque lanzara con el brazo de Dios, ni aunque fuera a reemplazar al Duque Hernández, ni aunque fuera el *King* Hernández, podría ser como Miguel Inclán o Pedro Armendáriz. Con ella no funcionaban más esos trucos baratos.

Como ya tenía el vestido, se ahorró la vueltota al centro. Evitó el vampirazo. La marcha era a las seis de la tarde. El partido comenzaba a las siete. Planeaba salirse de su casa a las cuatro, no fuera que apareciera Wilmar. Aunque a esa hora debía estar concentrado. Pero era capaz de mandar a alguien por ella. Con tal de servirse de su amuleto pediría que le llevaran a Alexia de las greñas. Para protegerse, echó una navaja en su bolso. No sabía cómo una 07 podía ampararla contra tres o cuatro atacantes, pero de todas formas la cargó.

¿A dónde tan guapa?, le preguntó su mamá. ¿Ya te vas a la marcha? Apenas son las dos. Voy a comprar unos Alka-Seltzer. Vete en chanclas. Se te van a arruinar los tacones. No. Que salgan fodongas las otras jotas. Las Rina de la cuadra. Yo soy Rubí.

Caminó a la tiendita. ¿Ya arreglada tan temprano, Alexia? ¿Vas a marchar? Ni cuando te tocaba hacer el servicio militar madrugaste, le dijo la ñora de la tienda. No lo hice. Me metí con uno de los soldados y me mandaron bola negra. Mira qué vestidazo. Vas a lucir entre el joterío. Clara, este año cumplo quince de "vestida". Debo aumentar el glamur.

Saliendo de la tienda la atajaron dos sujetos. A dónde vas joto hijo de tu chingada madre. Súbete, súbete. Tú eres Alexia. No te hagas pendeja. Nadie tiene una narizota tan culera como tú. Ay, no señor, me confunden. Yo me llamo Raúl. Ah, ¿sí? Pero cómo te apodan. Cuál es tu nombre de "vestida". Paulina Rubio. ¿Crees que nos haces pendejos? Te crees lista. Aparte de narizona, comediante. A nosotros no nos la pegas. Eres La jota de Bergerac.

Para que Alexia supiera que no se andaban con mamadas, uno de los guarros le acomodó un puñetazo en el esófago. Alexia era de esas jotas que cuando las madrean hacen más escándalo que la Pájara Peggy. Ay, por qué me pegan. Yo no me he robado nada. El vestido me lo regalaron. Cállate, no seas chillón, puto jijo de tu perra madre. No finjas demencia. El vestido nos vale madre. Sabes bien por qué estamos aquí. No, no sé. Lo juro, señor.

La arrinconaron en un cuartito en la casa de una colonia que no conocía. La violaron entre los dos. La patearon. Pero lo que más le dolió fue que le arruinaran el maquillaje. Que le echaran a perder el vestido. Que le embarañaran la peluca. Cuando se cansaron de darle en la madre le escupieron. Cuando se les acabó la saliva le llovieron mentadas de madre. Cuando se aburrieron la orinaron. Hasta que por fin la dejaron ahí tirada. Desgraciada. Vamos por unos lonches, pareja, dijeron los guarros antes de que se desmayara.

A las cuatro de la tarde abrió los ojos. Le faltaban dos dientes. Un tacón estaba roto. Comprobó que estaba sola. Buscó su celular en la bolsa. Se le había terminado la batería. Se encaminó a la puerta dispuesta a escapar. Antes de girar la perilla, se engarrotó. Un carro se detuvo afuera de la casa. Pensó que eran los guarros, que volvían a seguir puteándola. Se encerró en el baño. Chingada madre, pensó. Dejé el celular afuera, lo había puesto a cargar, como jota prevenida que era no salía sin su cargador. Orita me van a madrear bien bonito. A ver si no me lo quiebran, los culeros. Ahí traigo los teléfonos de todos los cirujanos de la ciudad.

Era Wilmar. Alexia, Alexia, gritó. La jota abrió la puerta y lo vio con el uniforme de Vaqueros puesto. Qué te han hecho. Yo sólo quería meterte un susto. Mira cómo te han puesto estos gonorreas. Titi, pareces Jesucristo. Alexia comenzó a llorar. Se dejó caer de rodillas frente a su hombre. Wilmar, yo te amaba. Por qué, Wilmar, por qué. Titi, ahora eso qué importa. Mírate, necesitas que te atiendan. Vamos al sanatorio. Orita mismo te compro otro vestido y te mando a la estética. Necesitamos darnos prisa para llegar al parque. Te prometo que vas a quedar más bonita que la Virgen de los Remedios.

Alexia comenzó a arrastrarse. Podía estar expuesta a otra madriza, podía perder la vida, pero la bolsa no la soltaba. Se abrazó a las piernas de Wilmar. Titi, vamos. Andamos cortos de tiempo. Ya tú verás lo buenona que te van a dejar. Te prometo que después del campeonato te entro a la plancha pa la cirugía. Por qué, Wilmar, gritó Alexia. Yo te amaba. Por qué me engañaste. No sé de qué tú me hablas, titi. Vamos. No hagas tanta pantomima. Tú sabes que eres la única. Tú eres la *queen*.

Alexia, llorando, le sacó a Wilmar el miembro. Qué bonito contrasta el negro del miembro con el impecable uniforme blanco, pensó Alexia. Lo sopesó. Lo acarició. Lo admiró. Y comenzó a mamar. Fue una soplada de antología, como si estuviera despidiéndose de la vida. Entonces lo pensó. Si alguna vez le preguntaban cómo le gustaría decirle adiós al mundo sería con una mamada como aquélla. Morir asfixiada por la verga de un beisbolista cubano. Wilmar se relajó. Date prisa, titi, que tenemos que acercarnos pal parque.

Pero qué buena mamada, dijo con las manos sobre la peluca de Alexia. Apenas soltó el gemido que anunciaba que estaba eyaculando, Alexia sacó su navaja del bolso y le cortó el miembro.

La sangre le saltó directo a la cara. Todos los penes que había desinflado en su vida despedían leche. Nunca había vaciado la sangre de alguno. Wilmar se tiró al piso. Alexia nunca lo supo, pero en la cartera, el cubano llevaba un cheque en blanco a nombre de ella. Por si se hacía la dura. Por si no le creía. Por si no aceptaba seguirlo al partido. El cheque para pagarle a un cirujano.

Por el paisaje, la jota calculó que estaría a media o una hora de la ciudad. Anduvo a pie por la orilla de la carretera. Ningún taxista se animaba a levantarla. Se trepó a un camión. Para no llamar la atención se fue hasta el fondo. Delante de ella viajaba una señora con un niño. Mami, preguntó el chiquillo, por qué tiene la nariz tan grande ese señor. Era el colmo. Ni que anduviera "vestida", madreada y manchada de sangre lograba superar la obscenidad de su nariz.

Una hora y media después, a las 5:45, llegó al centro de la ciudad. Se bajó del camión y tomó un taxi. Nomás no me vaya a manchar los asientos, le dijo el ruletero. Se bajó en Donato Guerra. A lo lejos alcanzaba a divisar un carro alegórico. La calabaza de Cenicienta decorada con condones inflados. Caminó hacia la Alameda. El sitio desde donde partiría la marcha. ¿Qué te pasó?, le preguntó la Pashion, la jota organizadora. Me asaltaron, respondió Alexia y escupió un diente. Pues yo no puedo dejarte marchar así, joto. Eres una piltrafa. Quítateme de en medio que me estorbas. Ya vamos a salir. Dame chanza, Pashion. Me violaron. ¿Y qué haces aquí? Vete a la Cruz Roja. Ándale Bergerac, no me afees el espectáculo.

Agüitada, Alexia fue a sentarse a una banquita.

Entre vítores, el joterío salió arguenderoso. La marcha tomó la avenida Hidalgo. Alexia se resistió a quedarse sola, en la banca rota, en un cordón de la Alameda, acompañaba al puterío caminando por la acera. Se le veía rengar a la par de las locas de la ciudad vestidas para matar.

A la altura de Hidalgo y Colón se unió al chou. Protagónica, se incorporó al frente de la marcha. En primer lugar, en el sitio que debía ocupar la reina del Miss Gay. Quiso sacar una pañoleta de su bolsa, pero sólo encontró el miembro de Wilmar. No le importó, igual lo agitó en lo alto. Y marchó. Con la frente levantada y el pene ensangrentado en la mano marchó. Con dignidad, marchó. Encabezando la procesión.

El alien agropecuario

Cuando se atraviesa una etapa crítica, un sponsor del ego deviene imponderable. Un sponsor real, consumado, no una puñeta mental, leí en el baño de mujeres de una sala de conciertos. Existen seres temerosos cuyo grado más punk de infidelidad consiste en tomar de la mano al amante en potencia en un McDonald's. Nunca terminan en la cama.

Era el caso de Lauro. Necesitaba un sponsor del ego auténtico. La ruina o el éxito total están manchados de un javiersolismo rotundo, aseguraba. Lauro era el guitarrista, vocalista y líder de Tafil. La alineación del grupo la completábamos Agus bataqueando y yo de bajera.

Siempre anhelamos un teclero. Pero los celos de Lauro nos autosaboteaban. Debíamos permanecer fieles a nuestro sonido punk. En las trifulcas la canción seguía siendo la *mix*. Culpábamos del mal funcionamiento del grupo a la ausencia de un pianero.

Lauro era mi bato. Yo había abandonado la uni en segundo semestre de economía para convertirme en la señora del rockstar y unirme a la banda. La deserción del antiguo bajista me abrió las piernas del grupo. Agus dijo que admitir a una mujer en un conjunto punk era como treparla a un barco: atraía la mala suerte. ¿Pero y los Smashing Pumpkins? Achacaba a Yoko Ono la culpa de que Sui Generis se hubiera disuelto.

Como en todas las bandas, las anécdotas más chidas son las que no se pueden contar. Pero más chicles son las que ocurren antes de alcanzar la fama. Con la cumbre se acaba el argüende, sobreviene el yoga y la defensa de las ballenas. Nosotros tuvimos grandes efemérides, cumplimos con la cuota. Repasamos el capítulo de las drogas, corrimos el riesgo de la electrocución y nos casamos con todos los indisolubles, clásicos y refriteados avatares que enfrenta un conjunto de rock en su camino al estrellato.

Después de cinco años de pegarle a la mamada, nuestro máximo triunfo había sido ser los teloneros de Bandera Roja, decidimos reclutar un teclero. Fue entonces cuando apareció el sponsor del ego. Pepe: un adolescente down. Quien conozca la mitología extraterrestre respaldará que Pepe, más que un chico con síndrome de Down, parecía un alien. Por si fuera leve, no vivía en la ciudad. Era de rancho. No es lo mismo ser un extraterrestre de asfalto que un alien agropecuario. Y para acabarla, estaba prieto. Cuándo se ha visto que un chico con el síndrome Trisomía 21 sea morocho. Todos son güeritos.

Apareció en la sala de ensayos con un teclado de juguete Mi Alegría. Agus dijo que ni de pedo lo dejáramos audicionar. Pero Lauro, que había leído un artículo sobre un grupo argentino llamado Reyolds, en el que la atracción era un down, le permitió blofear. Pepe echó a andar una pista grabada en su tecladito. Era una melodía infantil que tarareaba oligofrénico, totalmente mongoloide. Y por increíble que parezca resultó el mejor del *casting*. Su sonido podía competir con una secuencia programada por un auténtico dj.

Fue amor a primera vista. Lauro quedó ganchado del taradito que aspiraba a convertirse en estrella del rock. Este chico, decía, puede hacer lo que desee. Futbolista, doctor o misionero, pero ha elegido el camino de la música. Es irresistible. ¿Acaso no te entran ganas de hacerlo cuñado?

Pese a las protestas del Agus, lo admitimos en la banda. Pepe es un nombre chafa, dijo Lauro. Necesita un nombre artístico. Qué te pasa, le recriminó el Agus. José se llamaba el papá de Jesucristo. Me vale. No se puede pastar en un conjunto punk con apelativos pendejos. Lo voy a rebautizar. De ahora en adelante lo conocerán como El alien agropecuario.

No conozco otras fábulas de enamoramiento entre un guitarro y su tecladero. No sé cuánta intensidad existe en esos campos. He leído poco al respecto. La onda es que Agus comenzó a encelarse de la reliquia que le armábamos al downcito. Qué tierno, expresaba yo al güacharlo tocando su tecladito. Pinches juguetes Mi Alegría, eran cabrones para inspirar a la banda. A la mejor el morro nunca había oído música, pero un obsequio bienintencionado le había dado sentido a su existencia.

Siempre me pregunté cómo funcionaba un sponsor del ego. Cuál era su alcance. ¿Era un sponsor la salida de un bache o un tentempié? ¿Una mala racha podía aliviarse con un sponsor? ¿O caducado su efecto retornaba el estado crítico primigenio y se agudizaba aún más? La relación que comenzaba a formarse entre Lauro y El alien me producía dudas. Mi temor era que El alien saliera lastimado. Que sólo fuera para Lauro un juego de química, un bote de Playdoh, un juego de Lego. Tal vez me adelantaba a los acontecimientos, pero desde el primer momento en que los vi interactuar juntos se me reveló un *fast-track*: el pobrecito alien victimado por las burlas de la audiencia punketa.

A mí no me hacía falta un sponsor. Mi ego no requería ser inflado. Mi principal problema era evitar la yokonización de la banda. Yokonización es el término para definir el proceso en el cual un conjunto de rock se separa por culpa de una mujer. Desde mi fichaje, Agus se había mostrado incómodo. Para él la banda era como una porra futbolera, no había lugar para mujeres. Nosotras no podíamos entonar cánticos tan alto como un hombre, subir y bajar las escaleras tan rápido, ni despojarnos de la playera cada vez que caía un gol. Siempre que Lauro me consultaba algo relacionado con el devenir del grupo, los celos de Agus se exacerbaban. La solución era que alguno de los dos se marchara. Yo no podía dejar tirado a mi peor es nada. Debía sponsonearlo. Tampoco nos podíamos dar el lujo de echar al Agus. Dónde conseguiríamos a otro bataco tan chinguetas.

Insisto: el avistamiento de El alien significó para Lauro Estrella Del Rock el sponsor que requería para convertirse en un auténtico punkstar. El quemarse por demear había renacido. Sin advertirlo, la banda se había estancado en un eterno tocar en vivo. Grabar era una rotunda puñeta mental que hacía un chingo que habíamos abandonado. Pero el aterrizaje de El alien nos convenció de que sí era posible eyacular un par de temas demeados.

Con el objetivo de entrar al estudio, Lauro escribió cuatro nuevas canciones. Debo decir que sus mejores letras las vomitó después de conocer a El alien. No estoy segura de si fue un hecho fortuito o en realidad El alien pesaba sobre Lauro. También existe la posibilidad de que coincidiera con su crecimiento letrístico. Hacía más de cuatro años que componía para Tafil, en algún momento tendría que mostrar evolución.

Armamos la parte musical de las rolas en una semana. Desde el comienzo del proceso, Agus se opuso a que El alien participara. Su teclado era pura pantalla. No formaba parte de nuestro sonido. Éramos un trío punk. Un sinte nos abarataría. No importaba lo competente que fuera El alien con su instrumento, él estaba ahí como una finta, para decorar la banda.

Durante los ensayos surgió una preocupación grave por el comportamiento de El alien. Lo situábamos detrás de su teclado pero no permanecía quieto. Deambulaba. Tropezaba con Lauro, con Agus, con los cables. En una ocasión chocó con la batería. No nos percatamos de que sangraba hasta el final de la canción. Ninguno de los tres podíamos cuidarlo, andar tras él. Su edad mental equivalía a los siete años. Un grupo de punk no era su hábitat. Nos preocupaba su electrocución.

Hacía cuatro semanas que El alien era parte oficial del grupo. Por primera vez, ante su conducta, Agus planteó seriamente la dificultad de presentarnos en vivo. Habíamos traído a El alien al conjunto como una atracción, pero su figuración en el escenario se antojaba caótica y riesgosa. Su participación activa estaba descartada de antemano, podríamos excluirlo.

Lauro se opuso. Ni madres, Agus. Tafil somos tres y medio. Yo apoyaba la propuesta de Agus porque me inquietaba la seguridad de El alien. No deseaba que sufriera. Y no me refiero a su bienestar físico, aludo a la parte emocional. Qué tal que se emocionara tanto con el escenario que se hiciera adicto a él. Que se entusiasmara hasta el paroxismo pero tuviera sus días contados dentro del punk.

El alien se queda, sentenció Lauro. Tafil son tres locos y un down. Somos un cuarteto. No, no soy un irresponsable. No me vale madre la seguridad de El alien. Me angustia tanto como la tuya o la de mi chava. Tenemos botiquín de primeros auxilios, ¿no? El alien se va a presentar en vivo.

Antes de que Agus contraatacara con una serie de argumentos bien fundamentados, Lauro empezó a actuar de forma estrafalaria. Se puso mal. Mal como cuando se fuma crack en exceso. Se tapó las orejas, en alusión a una sordera autoimpuesta, y comenzó a lanzar grandes patadas al aire. Patadas al representante que no teníamos. Patadas a la disquera que nos faltaba. De su boca salía un la la la la laaaa la la la la (la la la) infinito.

Pinche Lauro, cálmate, le dijo Agus. No te pongas así. Pareces un pinche autista. Tas bien pinchi loco. ¿Qué hacemos entonces? Contratar una niñera, contesté yo. Tas loca también tú. No podemos pagarla.

Lauro seguía con su rutina. Lanzaba patadas a la nada mientras de su boca emergía el la la la la la desquiciante. Y no era el único. Por discutir no lo advertimos, pero El alien hacía lo mismo. Marchaba por el cuarto de ensayos emulando todos los movimientos de Lauro. Entonces, nuestro líder y guitarrista comenzó a golpearse la cabeza contra la pared. Y El alien lo secundó. Fue tan intenso que Agus y yo tuvimos que arrancarlo del muro. Se había descalabrado. La sangre le escurría por la frente como a un luchador. Al verlo, Lauro soltó una carcajada. Y El alien rio.

Así terminó aquella tarde, con las desaforadas carcajadas de Lauro y El alien agropecuario.

A pesar de tener cinco años rodando nos sentíamos nerviosos. Éramos una nueva banda. Trepar a un escenario con un niño down era una mamada. El público podría ofenderse. Si rechazaban a El alien nos condenaríamos por asociación delictuosa. Lo de menos era que nos lanzaran verduras. Si el experimento fallaba nos identificarían siempre como los pendejos que reclutaron un down.

La tarde de nuestra primera presentación como cuarteto dudamos en dejar a El alien suelto. Agus sugirió que lo amarráramos para que no fuera a caer de la tarima. A mí me parecía cruel, ni que fuera un animal, pero si llegaba a matarse nos meterían al bote. Votamos por encadenarlo. Colocamos su tecladito en el lugar habitual, detrás de Lauro y Agus, junto a la batería. El alien lo levantó con todo y base y lo situó al lado derecho de Lauro. No, Pepe, le dije. Tu sitio es atrás.

Agus regresó el tecladito a la parte trasera del escenario. Una vez más El alien lo llevó hasta el frente. Era down pero no le gustaba estar arrumbado. Deseaba ser protagonista. Para evitar una típica discusión de banda, dejamos en paz el ego de El alien. Mientras hacíamos el *soundcheck* decidimos atar su pie izquierdo, con una cuerda de dos metros de largo, al pie derecho de Lauro.

Subimos al escenario como teloneros. Después de nosotros venía un grupo de heavy metal. No existe audiencia más exigente que la heavymetalera. Escuchan pura porquería, pero sienten sus oídos corromperse con cualquier cosa que no suene a la basura que degustan. Parecerá ridículo, pero era la prueba a superar. Si bajábamos enteros estaríamos bendecidos.

Nunca vi metamorfosis tan maravillosa en documental alguno. Frente al público El alien se convirtió en un miembro de la banda. No se distrajo ni abandonó su posición. No golpeó los platillos de la batería con las manos, como lo hacía en los ensayos. No mordió los cables ni se hipnotizó frente al amplificador del bajo. Como si saludara a la bandera, su vista siempre al frente. Qué daría la señora que le cortaba el cabello porque se estuviera así de quietecito cuando le daba su peluqueada.

A los heavymierdaleros les simpatizó El alien. Les pareció tierno que instara al público a batir las palmas. En el fondo todos los heavymetaleros son sentimentales. Estaban conmovidos porque detrás de ese cráneo desproporcionado, exagerado por el síndrome, se refugiaba una vedette auténtica. Nuestro down no era cualquier Trisomía 21. Era un down carismático.

El toquín fue exitoso. Era la señal que estábamos esperando. Ignoro qué fue lo que llevó a Iggy Pop a partir el mar en dos. Pero sé que fue lo mismo que nosotros sentimos después de aquella tarde. Tocadas en vivo. Conciertos. Era el siguiente paso. Curtir a El alien en el escenario. No sabíamos de dónde había extraído esa confianza, lo único que deseábamos era que aumentara. Que ganara presencia.

Tras cuatro meses de tocadas en barrios, nos invitaron a salir de gira por el estado. Abriríamos los conciertos de Las madrastras, un grupo indi. Era la oportunidad de probar a El alien fuera del ámbito local. Negarnos a rolar hubiera representado un retroceso. No podíamos hacerle eso al grupo. No podíamos hacerle eso a El alien. Nuestro único impedimento era precisamente El alien. No sé por qué, como siempre aparecía solo en los ensayos, pensé que El alien había surgido de la nada. Que en realidad había llegado en una nave espacial. Que le había gustado tanto este planeta que renunció a su hogar y se quedó a vivir entre los humanos. Pero no. El alien tenía familia.

Mamá alien se oponía a soltarnos a Pepe. Sus reservas se justificaban; tres zarrapastrosos con aspecto de drogadictos pretendían sacar a su hijo de la región. ¿Con qué fin? Tal vez para traficar con sus órganos. El alien podía llegar tarde, quedarse a dormir en casa de Lauro, beber cerveza (lo habíamos empedado dos veces), pero no podía traspasar los límites geográficos.

La negativa de mamá alien fue tan categórica, tan punk, que nos llevó a cometer nuestro primer error como banda: secuestrar a El alien. ¿Qué nos puede pasar, nos preguntamos, ser rastreados por la NASA? Envalentonados, prendidos, confiados, nos fuimos de *tour* sin saber que nos estábamos echando al cuello a un alacrán más peligroso: un grupo de ejidatarios.

Atrajimos a El alien como se atrae a un oso. Pero en lugar de un tarro de miel, le compramos un sintetizador de verdad. Hubieran visto su carita, era el down más contento sobre la tierra. Era El alien más feliz de la galaxia. Pepe había pagado su derecho de piso para pertenecer a la banda, para tener su instrumento, para aparecer en la portada del disco, si algún día llegábamos a lanzarlo. Todo lo que deseara. Lo que se le antojara. El alien podría hacer y deshacer, menos tocar.

Volvimos de la gira un domingo. Una turba, con sus respectivos acarreados, proveniente del Vergel, Durango, ejido de donde era oriundo El alien, nos esperaba. Al bajar del autobús le pusieron a Lauro las esposas. Al principio pensamos que se lo llevarían preso, pero entre los presentes no había un solo policía. Nos treparon a todos a una camioneta con redilas, de las que usan para transportar marranos, y fuimos conducidos a un rancho. Nos lincharían a Lauro, a Agus y a mí. Nos acusaban de plagio de un menor y de sodomía del mismo. ¿Ya ves, pinche Agus, lo que pasa porque no tienes novia?

En el ejido nos amarraron a cada uno a un árbol. Durante seis horas, un consenso formado por los mandamases del Vergel y la familia de El alien dilucidaron encerrados sobre nuestro destino. El pueblo clamaba por sangre. Dentro de sus casas, la gente se saboreaba a la espera de echársenos encima. El plan era que ya muertos sirviéramos de alimento para los chanchos. Hubo quien pidió que mejor se nos achicharrara. Sería un espectáculo que suplantaría la misa de las ocho. Si pidieran limosna por dejar que nos golpearan, ya estuvo que desquitaríamos hasta el último peso que aflojaran esos desgraciados.

El alien estaba enjaulado. Nunca le preguntaron si lo violamos, para los ejidatarios era un hecho que tenía el culo roto. A la caída del sol, unos morrillos amontonaron piedras a cinco metros frente a nosotros. Una pila de cascajo sería nuestro verdugo. Moriríamos a pedradas. Como en la Biblia. Los árboles a los que estábamos sujetados se hallaban próximos, separados apenas por dos metros de llano. A la diestra de Lauro me amarraron a mí, a la izquierda a Agus. El hambre, la sed y el miedo nos hicieron desvariar.

Sálvanos, Lauro, pidió Agus. ¿Acaso no eres tú el mesías del punk?

Déjalo en paz, grité. Sólo nos queda encomendarnos a Dios.

Resucitará. El punk resucitará, decía Lauro, enloquecido.

A las siete con cuarenta un gallero del pueblo nos desató. Escapemos, nos gritó. Agarremos monte. Pero cuál. Estábamos en el méndigo desierto.

Lauro deseaba volver por El alien. Tas loco, le reclamó Agus. Déjalo. Casi nos matan. Olvídate de El alien. Ya conseguiremos otro down para la banda. No, no, se resistía Lauro. Nadie como Pepe. Ninguno como nuestro alien.

Lo llevamos arrastrando hasta la camioneta del gallero, quien nos llevó hasta la carretera, donde pedimos raite a un trailero. En el periférico subimos a un taxi. Durante la huida Lauro nunca dejó de voltear hacia atrás, nostálgico, hacia El Vergel. El alien es nuestro, gritaba. El alien es nuestro. Putos. Vamos a recuperarlo. Hijos de perra. Vamos a recuperarlo, aullaba. Hijos de su pinche madre. Y antes de que Agus comenzara a soltar sus sólidos argumentos sobre lo perjudicial que resultaba El alien para nosotros, Lauro se tapó los oídos con la manos mientras de su boca surgía un la la la la la la la la la interminable.

Mantuvieron a El alien agropecuario en cautiverio por dos meses. Yo me desvivía por encontrar un sponsor del ego a la altura de Lauro, pero El alien era insustituible. No existía genérico intercambiable o símil que lo suplantara. A punto estábamos los tres de meternos más Tafil cuando Pepe reapareció en la sala de ensayos. El mitote en su rancho se había apaciguado.

Los sesenta días que estuvimos alejados de los escenarios no modificaron nuestra popularidad. El alien aún rifaba en el inconsciente colectivo. Era tiempo de crear los demos. Grabamos una maqueta de cinco rolas en cd. Se lo mostramos a don Gramófono, representante de otras bandas de la ciudad, con la tirada de que aceptara ser nuestro manager. El doñito se negó. No podía manejarnos porque el punk no le interesaba a nadie. Era una mierda pasada de moda. Chicos, andan desfasados. Lo de hoy es el happy punk. Tráiganme algo de eso y veremos qué hacer. Pero don Gramófono, el punk es una institución, le dijo Agus. Hijo, le contestó, el problema es que cómo se les ocurre tocar punk en el norte. Aquí eso no funciona. Eso déjalo para los sureños jodidos o para los defeños. Acá no tenemos tantos resentidos sociales. Acá lo que queremos es pop. Podrá ser una mierda sin contenido pero acá lo que vende es el pop.

Esta vez el aterrizaje de El alien no fue tan espectacular. Se vio opacado por nuestra incapacidad para prostituirnos. Pinche don Gramófono, dijo Agus, si al menos nos hubiera visto en vivo. Putísima Leonor, dijo Lauro, tenemos buenas letras, una bonita fémina, la música aguanta, hasta un alien tenemos, qué nos falta. Nunca esperé que fuera como en las películas, que mágicamente fuéramos descubiertos por un cazatalentos en un hoyo fonky, pero llegar a una disquera es más difícil que tramitar una pensión. A lo mejor es cierto lo que nos dijo don Gramófono: el punk ya fue, dijo Agus. Tas pendejo, cómo vamos a faltarle a nuestros santos patronos The Ramones & The Clash, respondió Lauro. Y aunque así fuera, quién de nosotros sabe tocar, componer o escribir otra madre que no sea punk.

Mientras discutíamos, El alien prendió su sintetizador. Sobre una pista grabada improvisó una melodía. Era buen tecladista el cabrón. Lo que en una primera aproximación parecían frases sueltas en realidad era una canción. No puedo describir con exactitud el género al que pertenecía el tema. ¿Down rock? Sólo puedo explicar que al compás de la música El alien articuló unos movimientos lunares. ¿Pasos? ¿Se trataba del baile de El alien agropecuario? Nos quedamos con cara de colchón.

Lauro le preguntó a El alien de quién era la canción. Mí-a. Mí-a. Respondió Pepe. Yo la com-pu-se. Y cómo se llama, le preguntó el Agus. Se llama como yo. ¿Pepe? No. Como yo. Por eso güey, tú te llamas Pepe. No. ¿José? No. Como yo. Alien. Ah. ¿El alien agropecuario? Sí. Y qué genero es, preguntó Lauro. Como no pudo decírnoslo, lo deletreó: t-e-c-n-o-a-n-a-r-c-u-m-b-i-a. Cómo ven, dijo Lauro. Sabe deletrear. Y hasta nos salió hijo de Amandititita. Entonces pongámosle de una vez el título completo a la canción: "La tecnoanarcumbia del alien agropecuario".

Lo siguiente fue completar la canción. Necesitábamos una letra. El alien propuso que Lauro la escribiera. Al esqueleto creado por el sinte añadimos bajo, batería y guitarra. Como se trataba de una tecnocumbia nos basamos en una rola de los Bukis para conseguir el ritmo. Después de cuatro horas de hojalatería quedó finalizada. Era la primera rola que escribíamos como banda, antes el trabajo creativo siempre corría en exclusiva a cargo de Lauro. Era celoso al respecto. Pensaba que ostentaba la fórmula del compositor privilegiado y se negaba a compartirla.

No importaba qué tanto lleváramos en el negocio, nunca habíamos entrado a un estudio, éramos músicos amateurs. Pero incluso los más lerdos saben que un *single* es un álbum. Teníamos "La tecnoanarcumbia del alien agropecuario": teníamos un disco. Sólo era cuestión de rellenarlo. Lo inflamos con antiguas composiciones de Lauro, adecuadas al tecnoanarcumbia estáil, y con cuatro nuevos temas que escribió El alien. Era un poeta del sinte el cabrón.

Estábamos listos para enseñarle el trabajo a don Gramófono. A ver si seguía ignorándonos el pinche viejo. Lo invitamos a un ensayo. Él no lo sabía, pero en secreto fantaseábamos con el nombre del disco. *Sesione con El alien* era mi favorito. Don Gramófono vino a oírnos. ¿Tecnoanarcumbia? Es una mamada, pero vende. Acepto representarlos. Increíble, el pinche viejo trinquetero había dado su brazo a torcer. Era un culero, pero tenía contactos. Y para cerrar el trato al más puro flagelo don Gramófono, todavía no firmábamos y ya empezaba con sus chingaderas. ¿Tafil? Qué nombre es ése para una banda de tecnoanarcumbia. Cámbienselo. Pero don Gramófono, es el que hemos usado por cinco años, la gente nos reconoce. Me vale madre, busquen otro. Y ese *look*, también denle calle. Ustedes no son más una banda de punk.

El ornitorrinco blanco de la cultura beige fue nuestro nuevo nombre. Era cómico, generacional e intelectual. A don Gramófono le latió. Se queda. Todos ustedes son unos ornitorrincos. No me refiero sólo a la banda, también a los que acuden a los conciertos. No son una generación de adolescentes, son una de ornitorrincos. Deberían formar un movimiento.

Elegir un nuevo look para la banda fue complicado. ¿Piyamas? Trillado. ¿Disfrazados como presos? Gastado. ¿Vestidos como internos de hospital psiquiátrico? Cursi. Decidimos usar tuxedos color pastel. Éramos la tecnoanarcumbia, *baby*. A don Gramófono le rayó. Se ven chistosísimos, ustedes son una generación de ornitorrincos curiosos. No sé si se los haya dicho antes, pero son unos rincos graciosos.

Nuestro manager, don Gramófono, nos consiguió un contrato con el sello Noiselab. Nuestra primera chamba fue irnos de gira con Quiero club! En la madre. Cómo haríamos para sacar a El alien del estado. No perderíamos la oportunidad, ni arriesgaríamos el pellejo, El alien se quedaba. A güevo que Pepe protestó. Él era la estrella del chou. La canción era suya. El concepto era suyo. Le explicamos a don Gramófono la situación. Sacar a El alien de la región significaba ajuarearse una lluvia de machetazos. No hay borlo, chicos, nos dijo el viejo. Yo lo arreglo. Hablaré con la familia alien. ¿Sí les he dicho que son unos ornitorrincos simpáticos?

Con su desparpajo habitual, don Gramófono se presentó en El Vergel. Con desfachatez preguntó Cuánto por El alien. Lo dimos por muerto. Pensamos que tendríamos que conseguirnos otro manager. Cuánto por El alien. ¿Lo lincharían? ¿Lo rescataría el gallero? Contrario a nuestro vaticinio, don Gramófono salió ileso. Diecisiete mil pesos le pagó a mamá alien por Pepe. Se lo dieron con todo y papeles. Como si hubiera comprado un carro. A partir de entonces, El alien era nuestro, quiero decir de la banda. Jamás regresaría a su casa. Había renunciado para siempre a la nave espacial.

Nuestro alien no había perdido filin. Durante la gira con Quiero club! nos percatamos de que no pertenecía al rancho o a otro planeta, su verdadero hogar era el escenario. Fue durante este *tour* que se trató por primera vez el asunto de su virginidad. Lauro aseguraba que la gente de rancho pierde más temprano que los citadinos. Detrás de las milpas le ponen yorch. Pero es down, güey, le dijo Agus. Y qué. Los retrasados son bien cogelones.

Comenzaron las apuestas. Lauro a favor de que no era virgen, Agus en contra. Cómo lo averiguarían. ¿Entendería

El alien el concepto de virginidad? ¿Habría sufrido alguna vez una erección? Cabrones pa apostar, pero zacatones para indagar, me comisionaron a mí para descifrar la vida sexual de nuestro tecladista. De dónde sacaron estos mamones que una mujer era el sujeto indicado para interrogar a un down acerca de su sexualidad.

Me negué a seguirles el jueguito. En dos o tres ocasiones El alien me había sorprendido en brasier. No recuerdo haber observado en sus ojos el brillo del enfermo sexual. Ni siquiera rastros de la lujuria común en un muchacho de su edad. Lauro perdería la apuesta. El alien no había sido estrenado. No recuerdo qué apostaron, un bajo o una guitarra. Lauro, que quería ganar la apuesta, metió a la habitación de hotel de El alien a una grupi encuerada. Pepe no se inmutó. Comenzó a gritar sólo hasta después de que la chava trató de desnudarlo. Lauro tuvo que pagarle a Agus con una guitarra garrienta.

Para sacarse la espina, le apostó a Agus que haría a El alien perder la virginidad durante la gira con Plastilina Mosh. Era el grupo favorito de Pepe, produciría las endorfinas necesarias para que con la ayuda de unos tragos se animara a meterse con una morrita. Era una cuestión de altruismo. El alien, como cualquier persona, tenía derecho a un buen revolcón. Pero también era un asunto de principios. Un ornitorrinco blanco no podía ser virgen.

Cada noche era la misma rola. Las grupis huían del cuarto de El alien. Pegaba unos gritotes. No podían encuerarlo porque se ponía histérico. Nunca vi dormir a El alien en calzones. Siempre lo hacía con ropa. Sólo se desnudaba para bañarse. Y durante la gira sólo lo hizo dos veces. En un periodo de sesenta días, sólo se despojó de su vestimenta cuarenta minutos. Eso sí, se cambiaba todos los días, pero jamás permitió que ninguno de los tres lo viéramos mientras lo hacía.

Lo que Lauro ignoraba es que acostarse con El alien era sencillo. El secreto consistía en quién intentaría llevárselo a la cama. La clave era ganarse su confianza. El pedo era qué mujer sentiría la necesidad de acostarse con él. ¿Sabría El alien para qué sirve un condón? ¿Estaría dispuesto a ponerse uno?

La gira con Plastilina Mosh terminó y El alien seguía invicto. Al parecer se iría virgen a la tumba. Entramos al estudio un catorce de febrero. Un día más en el que fallaron las argucias de Lauro para despojar a El alien de su pureza. Grabamos doce temas, de los cuales diez se incluirían en nuestro debut. Nos produjo Rosso, de Plastilina Mosh. Se había hecho amigo entrañable de El alien.

Sesione con El alien fue el título definitivo del disco. A don Gramófono le pareció estupendo. Tiene ponch. Va a vender. Serán unos ornitorrincos famosos. ¿Ya les mencioné que son los ornitorrincos más agradables que he conocido? A Rosso también le pareció chido el nombre. Y no, Rosso no era un ornitorrinco. Jonás sí.

Lanzaron el disco en Monterrey, Guadalajara y el D.F. Después de las presentaciones de rigor, nos fuimos de gira por el centro del país. Esta vez éramos el grupo estelar. "La tecnoanarcumbia del alien agropecuario" debutó un doce de diciembre en el puesto número diez del *top ten*. Había transcurrido casi un año desde que don Gramófono adquiriera a El alien como a una bolsa de semillas. Ignoro cuántas veces tocamos en vivo durante ese lapso. Seguro el doble de lo que tocamos como banda de punk en cinco años. No sé si a otras bandas les suceda lo mismo, pero para cuando iniciamos la gira de promoción yo me encontraba cansada. Lauro y El alien estaban felices. Eran el *top*.

"La tecnoanarcumbia del alien agropecuario" ascendió en los *charts*. Nunca llegaría al número uno. Lo sabíamos. Pero se encontraba en el puesto seis, con más promoción chance alcanzaba el cuatro.

Hasta entonces, los toquines que habíamos ofrecido eran en lugares pequeños. Nuestro segundo error como banda lo dimos al saltar a los festivales. No niego que la ovación en el Vive Latino nos inyectó autoestima. Sabíamos que era una plaza difícil. No a pocos bajaron del escenario. Se portaban especialmente intransigentes con el pop o con otro ritmo ajeno al rock. Pero no pudieron resistir el encanto de sireno de El alien. Se ganaba a todo tipo de público. Todos lo estimaban, menos su madre, que lo había rematado en diecisiete mil pesos.

Los festivales fueron un error porque en alguno, no recuerdo si fue en el Corona Fest, unos veganos o miembros de Greenpeace se quejaron de la presencia de un down en el escenario. Entablaron una denuncia ante Derechos Humanos. Según ellos explotábamos a El alien. Existían testimonios de que nosotros tratábamos a nuestro tecladista como al hombre elefante.

Un comunicado emitido por Noiselab desmintió las aseveraciones. Sin embargo, la disquera quería rescindirnos el contrato. El alboroto creció cuando se enteraron de que El alien era menor de edad. Don Gramófono, despreocupado como siempre, resolvió el conflicto. Le mostró a los ejecutivos de la disquera una carta poder firmada por mamá alien. Además, nadie maltrataba a El alien. Se le bañaba, dijo, se le cepillaba y se le desparasitaba, como corresponde a todos los ornitorrincos. Porque ¿sí sabe usted, señor ejecutivo, que estos jóvenes son ornitorrincos agraciados?

La noticia del abuso del down había sido difundida en un noticiero a nivel nacional. La disquera ratificó que la información era falsa. Amarillismo. Pero a los veganos no les importó, no les bastaba con sabotear las corridas de toros, con pedir que salvaran a las ballenas, ahora arruinaban también las tocadas de nuestra banda. Si alguna vez El alien derramó una gota de sangre en el escenario fue por convicción. No importaba dónde nos presentáramos, afuera siempre estaba plantado un grupo de veganos con pancartas exigiendo la liberación de El alien. Eso madreó el ánimo del grupo.

¿Es la infidelidad un sponsor del ego, una puñalada trapera o un taco placero? Opino que es una mamada. Entiendo la necesidad de un sponsor cuando la autoestima está fracturada. Pero ¿cuándo las cosas no marchan mal? El pretexto de Lauro fue mi indisposición para seguir la fiesta.

Ser la banda estelar de una tocada implica que la gente te ofrezca drogas, que se prolonguen los *afters* y que se multipliquen las grupis. Yo no me comporté tolerante. Yo no era dueña de El alien. Que lo emborracharan era una onda. Pero cuando comenzaron a darle coca supe que nos podría llevar la chingada. Hasta oía el regaño de don Gramófono: son unos ornitorrincos inconscientes. Nunca pensé que drogaran a El alien. Me lo dejaron todo Muppet. Ya estaba así don Gramófono. Pero no luce como Muppet, parece Montoya el de Plaza Sésamo en prieto. ¿Sí les he dicho que son unos ornitorrincos malos?

La intensa gira aumentó la preocupación de la disquera por El alien. Aunque desconocían la vida de pasifloro que se estaba dando, tenían suficiente con las manifestaciones de los grupos provida que nos taladraban con su *free*, alien, *free*. Así nos presentáramos anca la chingada, afuera del recinto se plantaban los neojipis para exigir mejores condiciones de existencia para nuestro tecladista. La disquera temía que se les ocurriera formar una barrera humana a la entrada de los conciertos e impedir que se realizaran las presentaciones de la banda. Son unos fanáticos. Pero esta gente, ¿no tiene casa? Se la pasan viajando. ¿Qué comen? ¿No tienen familia? Dios me libre de tener un hijo vegano, prefiero que se haga puto.

A nosotros no nos preocupaban los jodidos salvemos al mundo. La vida en la carretera era pesada, nos habían rentado un autobús, al que bautizamos El platillo volador. Lo que pedimos fue que contrataran una niñera para que cuidara de El alien las veinticuatro horas. No hay presupuesto. No podemos pagarla, respondieron. El down es responsabilidad de don Gramófono. Nuestro manager, con su conchota de siempre, nos dijo Tranquilos, ornitorrincos. El alien no necesita guardaespaldas. ¿Quién querría hacerle daño?

Pero lo que no calcularon, ni la disquera ni don Gramófono, fue que nos apañaran a El alien. Nos lo robaron en Aguascalientes. Quince minutos antes de subir al escenario había desaparecido. Con un truco gastado, llevarlo a conectar, lo treparon a un taxi. Nos presentamos sin tecladista. La tocada fue un desmadre. El público había pagado por ver y oír a El alien. Nos abuchearon. Nos la mentaron. Sólo tocamos cuatro rolas.

Miramos hacia el cielo, hacia las estrellas, para divisar el UFO. El vehículo en que Pepe, El alien agropecuario, había regresado a su planeta. Nada. Rebuscamos en picaderos, piqueras, ventanitas. Nada. Bares, cantinas, teibols. Nada. El alien había sido abducido. Al día siguiente nos presentábamos en Zacatecas, era inútil seguir en Aguas, El alien ya no estaba ahí. Sólo restaba esperar a que los secuestradores se pusieran en contacto para negociar el rescate.

Zacatecas fue un desastre. Sin El alien no se hacía la machaca. Suspendimos la gira. Regresamos a nuestra base de operaciones, Roosevelt. Acudimos a la policía. ¿Tenía El alien enemigos? ¿Quién se beneficiaría con su exterminio? Don Gramófono viajó a El Vergel. Esperaba que la familia, arrepentida, hubiera raptado a Pepe. No. La gente de rancho semos derecha. Usted pagó por el hijo. Si ya lo perdió tenemos este otro, no es down, pero viera qué bueno es para cazar víboras tepocatas.

Don Gramófono apareció en el noticiero de Lolita Ayala, pedía que por favor no le fueran a hacer daño a El alien, temía que se lo regresaran como daminificado del crack, que ni para limpiar parabrisas sirviera. Está enfermo, por piedad, por Dios nuestro señor, permitan que regrese sano y salvo con los suyos. Lo extrañan los ornitorrincos. Era oficial. Era nacional. Se busca alien. Si tiene noticias sobre su paradero favor de comunicarse a las oficinas de Noiselab. Existe recompensa para quien aporte datos que conduzcan a su paradero.

Pasó una semana sin que los secuestradores se pusieran en contacto. La llamada no llegaba. Los reproches comenzaron. Agus acusó a Lauro. Es tu culpa, pinchi, si no le hubieras dado coca no se hubiera ido con cualquier pendejo.

Y como era su costumbre siempre que lo confrontaban, Lauro comenzó a lanzar patadas al aire. Se tapó los oídos y de su boca salía el la la la la la la la. Con este cabrón no se puede hablar, dijo Agus. Para qué chingados queremos a El alien, ya con este down tenemos.

Si cuando todo marchaba a toda madre Lauro se acostaba con grupi que se le ofreciera, durante el extravío de El alien me puso el cuerno bonito, pero bonito, ay, papá. Salía de la casa por la tarde y regresaba borracho, apestando a sexo. Sé que estaba angustiado por El alien, pero no era excusa para ser desleal. Dónde quedó aquel Te prometo que cuando grabemos nuestro primer disco nos casamos, mi amor. A mí el éxito no me va a cambiar en lo absoluto. No quiero hacerme famoso, sólo quiero grabar un disco. Después nos casamos y tenemos un hijo. Ahora la que necesitaba un pinche sponsor del ego era yo. Dónde madres lo iba a conseguir.

La fecha en el festival de Chihuahua era impostergable. Nos presentamos. Sabíamos que sin El alien no la guisaríamos. Pero había que cumplir con el compromiso. El concierto fracasó. No terminamos de tocar la segunda canción. Primero eran los veganos quienes nos jodían la fiesta, luego era el público en general. Los veganos fueron la clave para comenzar una eficaz pesquisa de El alien. Agus observó que ya no saboteaban nuestros conciertos. Porque no tenemos más a un down. Todo mundo lo sabe. Sí, güey, pero en Aguas, no protestaron. Y en Zacatecas, cuando todavía no se difundía la desaparición de El alien tampoco estaban. A güevo, concluimos, los veganos se lo chingaron.

No fue difícil saber qué planeaban hacer con El alien. Su corazón altruista les dictaba devolverlo a su hábitat natural. Seguro planeaban llevarlo a Houston y treparlo en el primer cohete que partiera. Pero antes, se dirigirían a Baja California Sur, era la temporada de mostrar unas pancartas exigiendo la preservación de las ballenas.

Don Gramófono, Lauro, Agus y yo, viajamos a Mazatlán por carretera. De ahí tomamos el ferry que nos condujo hasta la Baja. Nos instalamos en La Paz. Aunque las ballenas podían observarse desde cuatro puntos distintos, nos decidimos por visitar el puerto de San Carlos. La Paz estaba hasta el *full* de salvemos el planeta. Era como un *spring break* sin diversión. Todos los hostales estaban a tope. Nos hospedamos en una casa particular. Una vecindad bien culera. La operación recuperemos a El alien fue infructuosa. En San Carlos no lo avistamos. Al día siguiente nos desplazamos a Los Cabos. En el puerto de López Mateos tampoco lo ubicamos. Nos falló el pronóstico. Regresamos a nuestra base. Pinches veganos, dónde lo tendrán escondido. La tensión crecía. Se aproximaba la feria de San Marcos, necesitábamos a El alien. Donde le quiten la virginidad antes que yo me la van a pagar los cabrones, dijo Lauro.

Aunque no fuera nuestro cumpleaños, fue el cumpleaños más triste que pasamos. Compramos un pastel, gorritos de fiesta, platos desechables con figuras de las Chicas Superpoderosas, las favoritas de El alien. Pero nos faltaba el festejado. Ese día Lauro tenía programado que por fin perdiera la virginidad. Ya hasta se había conseguido a una chica down de veintidós años.

Al día siguiente vimos a El alien en la tele. Un comercial que anunciaba la colecta anual del Teletón lo mostraba de pie detrás de Lucerito. Por una llamada nos enteramos de que estaba recluido en el CRIT de Ciudad Juárez. Sin El alien tendríamos que renunciar a la tecnoanarcumbia.

¿Queríamos empezar desde cero en el vallenato? Nel. Entonces, nos fuimos pa la frontera.

En el CRIT nos dijeron Estábamos a punto de echarlo a la calle. Éste es un centro de rehabilitación para discapacitados físicos, no mentales. Qué bueno que vinieron a reclamarlo. Lo íbamos a trasladar al DIF. El alien al vernos comenzó a bailar la tecnoanarcumbia. Casa, casa, repetía. Nunca lo habíamos visto tan contento. Ni siquiera cuando le regalamos el sinte de verdad. Traía puesta una playera estampada con la palabra Antitaurino.

La disquera y don Gramófono acordaron contratar al fin una niñera. El alien ya era mayor de edad. Ya lo dejábamos fumar, pero no podía salir a la calle solo. Desconfiamos de la relación entre la niñera y El alien. ¿Y si no se llevaban bien? Pepe podría huir. Sin embargo, se acoplaron perfectamente. La niñera le ponía la correa y lo sacaba a pasear a la calle. Llévate una bolsa para que si defeca recojas sus heces, le decía Lauro.

Volvimos a salir de gira. La apuesta por la virginidad de El alien seguía vigente. Lauro lo tenía todo planeado. Sería en Monterrey donde la perdería. Para excitar a El alien le metería una tacha. ¿Pero y la víctima?, preguntó Agus. Quién accederá a acostarse con él. Y lo más importante, a quién le tendrá la confianza suficiente para hacerle el amor. La niñera, contestó Lauro. ¿Te has fijado cómo deja que la niñera le planche las camisas?

Recuperado El alien volvimos a ser una banda estable. La cocaína, los *afters* y la promiscuidad se enfriaron. Incluso El alien, que se había mareado al subirse al mísero ladrillo de fama que cosechamos, se apaciguó. Obedecía a su niñera. Como recompensa le compraban todos los viernes su cajita feliz. Agus se propuso conseguirse novia. Don Gramófono se mercó los chicles para dejar de fumar. Hasta Lauro, que era más inconsciente que El alien, le bajó al pedo. Trató de reconquistarme. Pobre pendejo, ¿a poco creía que no me daba cuenta de con quién se revolcaba?

Antes de presentarnos en el Festival Revueltas nos pasamos por el Submarino Amarillo para reventar una rola a dueto con Celso Piña. Estaba grabando su nuevo disco, que incluía colaboraciones con Manú Chao, Los Lobos y Bersuit. Mi querido Pepe, dijo Celso, ¿te puedo decir El alien? Fue el encuentro de dos titanes. Yo siempre había pensado que Lauro era el líder de la banda, que El alien era sólo una referencia. Pero la figura de Lauro se disolvió con el tiempo. El alien era el compositor, la imagen y el vocero del grupo.

Le costó un chingo a Lauro convencer a la niñera de que se acostara con El alien. De pilmama pasó a ser una de las putas más caras del chou biz. Ocho mil pesos le prometió para que hiciera la tarea. Te adelanto dos mil, una vez que te lo hayas cogido te entrego el resto. Me da asco. Órale, más respeto, morra. Es la estrella. Me vale madres. A mí me repugna. No seas dura. También tiene su corazoncito. Además recuerda que te estoy pagando la mitad de lo que vale El alien por el trabajito. Te vas a ganar ocho mil pesos en cinco minutos. Seguro es eyaculador precoz el cabrón.

En Monterrey, una hora antes del toquín, Lauro hizo que El alien se tragara una tacha de esas que llaman cristales. Esta vez sí que el pinche extraterrestre andaba en órbita. No paró de brincar un solo momento. Sólo faltaba que lo pintaran de verde para que pareciera un jodido duende Movistar. Fue uno de los mejores conciertos que dimos.

El alien en el universo, Lauro saboreándose, Agus como director musical y yo metidísima. Por ai anda un dvd con la tocada. Un fan nos grabó y mandó una copia a Noiselab.

Terminamos el encore y nos arrancamos para el hotel. El público pedía un segundo bis pero llevábamos dos horas tocando. El alien se deshidrataba. De camino le compramos un Powerade en un Oxxo. Nos vemos en el *lobby* en quince minutos para cenar. Y su nana se lo llevó a su cuarto. Pinche niñera, tenía puesto todo de pechito. Velas. Incienso. Comida vegetariana. Pétalos de rosa sobre la cama. Y El alien entachado. Era fácil triunfar. No había portero. Sólo era cuestión de llegar y empujarla. Y qué pasó. Que le pegó con el empeine y la voló. La falló. Sola frente a la portería y la niñera la falló. Tirititito.

Sonó el teléfono de mi habitación. Era Lauro. Me acaban de marcar de recepción. La niñera se quiso coger a El alien. Se puso como loco el güey. Anda corriendo y gritando como señora histérica por el pasillo. Vente para que me ayudes a calmarlo.

Nos costó un güevo tranquilizarlo. Le tuvimos que echar agua fría. El agua debimos echársela pa despegarlo de la morra, dijo Lauro, no para que dejara de gritar como Ned Flanders. Me lo llevé empapado a mi cuarto. Pobrecito. Era su primer viaje en tacha y se había mal tripeado.

Don Gramófono dijo: ¿sí les he dicho que son unos ornitorrincos cabrones? Cómo se les ocurre. El alien es un ángel. Se va a ir virgen al cielo. Un día de estos promovemos su canonización. Si Maradona tiene su iglesia, por qué no puede existir la religión de El alien agropecuario. Qué pinche David Koresh, ni qué los ornitorrincos blancos de la cultura beige, con eso sí nos forramos. Yo la pido de pastor.

Corrimos a la niñera por seguirle el pedo a Lauro. Mientras conseguíamos otra yo me haría cargo de El alien. Antes no podía, tenía que cuidar a mi otro down, Lauro. Pero como habíamos tronado, nada me impedía apapachar al aliencito. Comencé a ganarme la confianza de El alien agropepecuario. Jalábamos juntos para todos laredos. En McDonald's creían que era mi sobrino. Dormíamos en el mismo cuarto en las giras. Todas las noches, antes de dormirse, le daba chance de echar a perder su libro para colorear de Bob Esponja por media hora.

Tanta diligencia para con El alien puso celoso a Lauro. Una noche, creo en Fresnillo, me tocó la puerta bien pedote. Quería pasar. No. Vas a despertar a El alien. Y qué chingaos. No, déjalo. Pobrecito. Está dormidito. Uy sí, pobre. Parece tu hijo. Déjame entrar. Ni madres, ni madres, Lauro. Qué chingados quieres. Hablar contigo. Vamos a tu cuarto. Antes de salir me cercioré de que El alien estuviera bien tapadito.

Qué pedo. Ey. Oye, te hablo. Qué pedo. Tú eres mi vieja. Qué te pasa. Lauro, no te hagas pendejo. Tú y yo cero. Se acabó. ¿O crees que voy a pasar por alto que te hayas revolcado con medio mundo? No mames, ni que fuera para tanto. Sólo sucedió una vez. ¿Una vez? Ajá. Qué cómodo, ¿no? Y yo chíngueme. Mientras tú te revolcabas yo me amarré un ovario. Yo ni una vez, fíjate. Por eso. Es que te amargaste bien cabrón. Andabas toda masomeneada. Por qué, por no meterme coca. No mames. No busques excusas. ¿Entonces ya fue? Ya fue, Lauro. Entonces no me vayas a estar chingando. De aquí en delante cada uno por su lado. Cuando regresemos a la base de operaciones saco todas mis garras. Conste.

Belanova emprendería una gira por el interior de la república para promocionar su nuevo disco. Como grupo telonero pidió a El ornitorrinco blanco de la cultura beige. Comenzamos a rodar en septiembre. Durante el primer mes Lauro se portó como un cerdo. Todas las noches se revolcaba con una morra diferente. Yo aguantaba. Pude acostarme con varios, pero no era una puta ardida.

Durante la gira sentí reservado a El alien. Callado. Casi no pasaba tiempo con nosotros. Se la vivía tonteando con su tecladito Mi Alegría. El sinte de verdad lo arrumbó. Estaba cansado. No sé si harto, pero era algo que me esperaba. En algún momento se fastidiaría del juego. Desearía hacer cosas normales. Convivir con otros aliens. Reincorporarse a la sociedad. A mí me abrazaba de vez en cuando, sin razón alguna. Un comportamiento común en los de su especie.

El acabose se dio en Tamaulipas. Estábamos en un *after*, Denisse Guerrero, la vocalista de Belanova, le daba consejos a El alien. La habitación de Lauro y Agus estaba aperrada de raza. Fui a mi cuarto por el aparato para medirle la presión a El alien, lo vi alteradísimo. Tal vez fuera la euforia de convivir con Denisse, pero me quise asegurar de que no estaba camino al infarto, ignoraba cuánta cocaína le había dado Lauro.

Caminé por el pasillo del hotel melancólica. A Lauro y a mí nos encantaba tocar las puertas y salir corriendo. Hacíamos buen equipo, lástima que fuera un culero.

Entré a mi cuarto y ahí estaba con dos morras. Se las estaba ponchando. A chingar a su madre, dije. Vámonos. Fuera. Aguanta, me dijo Lauro. No te claves. Éste es mi cuarto, pendejo. Lárgate o llamo a la recepción. No mames, me gritó. Mi habitación está ocupada por la banda. Dame chance. Termino y me voy. Estás pendejo. Lárgate a la chingada. Qué pedo contigo, ¿eh? Qué te importa. Tú y yo no somos nada. Me importa porque es mi cuarto. ¿Te ando sacando de los lugares donde te andas cogiendo a estas putas? No. Pero éste es mi cuarto y te me vas a chingar a tu madre. Abusón.

Ah, ¿no te vas? Comencé a caminar rumbo a la recepción. Lauro me alcanzó en calzones. No te mames, me dijo. ¿A ti en qué te afecta? Deja termino. Y te devuelvo tu pinche cuarto. ¿Por qué no te buscas a alguien que te la meta y dejas de estar de mal cogida? Sabes qué, Lauro, le contesté, tienes razón. Me voy a coger. ¿Y sabes con quién? Imagínate. ¿No adivinas? Sólo una cosa te puedo decir, ve a cobrarle a Agus. Porque vas a ganar la apuesta. Vas a ganar. Te vas a salir con la tuya. Por fin va a dejar de ser quintito El alien.

Al regresar al cuarto de Lauro me enteré de que Denisse y El alien habían desaparecido. Estaban en un teibol. Los encontré sentados junto a la pista. El alien nunca dejaba de sorprenderme. Llegué a pensar que no le gustaban las mujeres. Pero ahí estaba de caliente. Aplaudía. Chiflaba. ¿Han oído a un down chiflar? ¿No pueden? Pues este cabrón sí podía. Me senté junto a El alien. Coloqué mi mano sobre su pierna. Vi que tenía una erección.

Escoge la que quieras, le dijo Denisse a El alien. Yo te la invito. Yo te ayudo a elegirla, le dije. Ésa. Se la pedí al mesero y los tres, la teibolera, El alien y yo nos fuimos al privado. Antes de entrar le pasé cien pesos a la teibolera. Bórrate, le ordené. Y ahí, sobre el sillón de un congal, mientras sonaba la canción "Aquella solitaria vaca cubana" de Patricio Rey y sus redonditos de ricota, desquinté a El alien agropecuario. Lauro se había equivocado. No era eyaculador precoz.

Durante toda la gira me estuve cogiendo a El alien. Lauro nos espiaba. Pobre pendejo, pensaba que no me daba cuenta. No se despegaba de nuestra habitación. Yo dejaba la puerta emparejada adrede. Se excitaba con mis jadeos y se puñeteaba, el marrano. No importaba que al hotel que llegáramos nos asignaran habitaciones en pisos diferentes, siempre andaba merodeando por nuestro cuarto.

Lauro necesitó de un sponsor del ego. Yo necesité de un sponsor del ego. Agus necesitaba novia. ¿Pero y El alien? ¿También requería de un sponsor del ego? ¿O a él por ser down no le hacía falta? Creo que a nadie le urge tanto un sponsor como a un minusválido, a un down, a un cuadripléjico o a un lonchero.

Concluida la gira con Belanova empezamos de inmediato otra con Babasónicos. Y Lauro se mamaba con Adrián Dárgelos, el vocalista, ¿a poco no parece más down que Pepe? El alien era la sensación. Más popular que los McTríos. Lauro le agarró tirria. Porque me estaba cogiendo y porque a él le prohibieron la entrada al camerino de Babasónicos y a El alien no. La bronca creció cuando El alien fue invitado a aparecer en la portada de *La Rocka*, una publicación especializada en rock de Monterrey. Cómo se ganó El alien a Xardiel Padilla, nunca lo supimos. Lauro quería que saliéramos todos en portada, pero las condiciones eran que el resto de la banda estuviéramos en interiores.

El alien continuaba con su actitud solitaria. Sólo platicaba con don Gramófono y conmigo. Era un ornitorrinco callado. Yo decidí que había sido suficiente de amor alien.

Volví con Lauro. Al terminar la gira tendríamos un mes sabático. Nuestro calendario indicaba que realizaríamos un minitour por California. El público gringo clamaba por El alien.

Tanto había cuidado la yokonización de la banda que finalmente sucedió. Después de una tocada, en Guanajuato, Lauro quiso entrar al cuarto de El alien mientras le abrochaba los tenis, pero Pepe le cerró la puerta en las narices. Ábreme, cabrón. Ábreme, hijo de tu puta madre. Cálmate, Lauro, le grité. Cálmate. Pos este hijo de la chingada, que me cierra la puerta. Está bien, te voy a abrir, le contesté. Pero nos vamos a ir. Ábreme, perra madre. Sí. Te voy a abrir, le grité, cálmate. Prométeme que no la harás de pedo. Te abro y nos vamos a mi cuarto. Ábreme, chingao. Prométélo. Está bien, dijo más tranquilo, no le voy a hacer nada a ese cabrón. Lauro, es un down. No se puede defender. Ya te dije que no le voy a hacer nada.

Estúpidamente le creí. Abrí la puerta y Lauro se le fue encima a El alien. Comenzó a madrearlo. Sólo se escuchaba la cabecita de El alien rebotar contra el universo cada vez que Lauro le acomodaba un madrazo. Es mi vieja, puto. Mi vieja. Por qué chingados no me querías abrir. ¿Eh? Putito. Es mi vieja. De la boca de El alien sólo salía un la la la la la la kilométrico. Ni siquiera lloraba, ni gritaba, sólo emitía ese la la la la la la desesperante. Empezó a sangrar pero Lauro no se detenía. Hizo falta que vinieran algunos miembros de Babasónicos para quitárselo. A El alien le sucedió lo que todos los aliens temen que les ocurra, que los humanos los capturen para diseccionarlos.

La teloneada a Babasónicos se interrumpió porque el bajista, Gabriel Manelli, había fallecido. Nos dieron un mes de receso. Don Gramófono se llevó a El alien a su departamento. Lauro y yo volvimos a la casa que teníamos rentada. Agus agarró para con sus papás. Todo el amor, toda la admiración, la fascinación que destellaba en los ojos de Lauro al oír las palabras El alien agropecuario habían desaparecido. La magia que producían y la química existente, se habían extinguido.

El eslogan "La vida por el rocanrol" aún continuaba en Lauro. Nunca consideró ni por un instante disolver la banda. Podía seguir viéndole la jeta todos los días a El alien. Por eso cuando recibió la llamada de Agus no se agüitó. Que se fuera a terminar la carrera de bioquímico. Conseguiríamos otro bataco. Uno que sí tuviera novia. En caliente le marcó a don Gramófono para carrerearlo, para que se tendiera a conseguir un buen baterista. Nuestro manager le dijo que hacía unos meses se había vencido el contrato por un año, que era necesario negociar la firma del siguiente. ¿Sí les he dicho que son unos ornitorrincos fabulosos? Nos citó en las oficinas de Noiselab dentro de una semana.

Durante las vacaciones no tuvimos noticias de El alien. Nos sorprendió verlo en la disquera con un nuevo *look*. Traía unos lentes Ray-Ban plateados. No volteó a vernos. Don Gramófono habló por él. El alien ha decidido dejar de pertenecer a la banda. Va a lanzarse como solista. ¿Así que la soledad cultivada era para componer material nuevo? Y yo de pendeja que pensé que necesitaba un sponsor del ego.

Lauro quiso hacerse el machín y lo amenazó de muerte. El alien es nuestro. Nosotros fuimos sus descubridores. Si no lo regresa se lo va a cargar la chingada. Sin alarde, el viejo sacó una copia de la carta poder firmada por mamá alien. ¿Cree qué con esa mamada va a amedrentarnos?

¿Cree que le pertenece? El alien ya es mayor de edad. Él decide con quién se va. Mi amor, me dijo, tráetelo. Háblale. Cógetelo otra vez si es necesario. Pero jálatelo.

Don Gramófono dijo Basta de pendejadas. El alien es mío. Y como en un juicio por la patria potestad de un vástago, El alien quedó en medio de nosotros y de don Gramófono. Ven chiquito, le dijo Lauro. Se sacó un chocolate de la bolsa y se lo extendió. Qué pendejo. Lauro pensaba que El alien seguía siendo el mismo que era el día que lo conocimos. Que no se había corrompido. Y tal vez no lo hizo. Simplemente entendió la diferencia. Con don Gramófono estaría mejor que con nosotros, neta. Él lo llevaría al estrellato, nosotros sólo le estorbaríamos. El alien se decidió por don Gramófono. Caminó hasta situarse a su derecha. Buen ornitorrinco. Buen ornitorrinco, le dijo el viejo. Ten una galleta. Ahora, largo. ¿Sí les he dicho que son unos ornitorrincos traidores?

Abandonamos las instalaciones de Noiselab destrozados. Amábamos a El alien. Caminamos unas cuadras y entramos a un laboratorio. Aunque la prueba de orina había salido positiva, nos pasamos a recoger la prueba de sangre. Confirmado. Estaba embarazada. Pero no era de Lauro. No te preocupes amor, me dijo. Lo voy a querer como si fuera mío. Le daré mi apellido. No, no, no. No te traumes. Va a salir bien. Que su padre sea down no significa que el niño también lo vaya a ser.

A la semana siguiente, comimos en casa de los papás de Lauro. El baboso les contó que él no era el padre. Pero que nos casaríamos y lo registraría como suyo. El papá de Lauro soltó el tenedor. El chícharo que estaba en la punta rodó sobre el mantel. El color verde me recordó el dibujo de una carita de alien. Se encerraron en el estudio. Estás idiota, hasta el comedor se oían los gritotes de mi futuro suegro. Por qué te vas a casar. No es tu bronca. En lugar de contestarle a su padre que me amaba, Lauro hizo lo mismo que hacía siempre que entraba en crisis. Se tapó los oídos, comenzó a lanzar patadas al aire y abrió la boca para soltar un la la la la la la la la la la infinito. ¿Por qué haces eso?, le preguntó mi suegro. Deja de actuar como un retrasado. Pareces niño down.

El club de las vestidas embarazadas

—El club de las embarazadas no es sólo para embarazadas, Damián —dijo Ordóñez.

La gente se harta de los libroclubs, de los clubs de jardinería, de los puticlubs. Pertenecer a un club es insano. La distancia insalvable con otras personas nos condena a la sociopatía asistida. El aburrimiento orilla a los individuos a fundar asociaciones anodinas, abúlicas, reuniones ideales para huir de la familia. Y Damián deseaba escapar de su mujer. Pero estaba cansado de los tediosos clubs conformados por señoras gordas sin quehacer. Necesitaba una terapia que le proporcionara el desahogo de un gimnasio de boxeo sin tener que colocarse los guantes.

El único club respetable es la cantina. Pero Damián era abstemio. Su colitis nerviosa, su gastritis tempranera y el reflujo lo habían condenado a no refugiarse en la bebida. Su único vicio era la pornografía.

Todas las tardes, durante la sesión del club de cerámica, Ordóñez, un tipo que se vestía de mujer, le insistía que se uniera al club de las embarazadas. Una logia secreta. Conformada por miembros anónimos. Todos homosexuales. O lesbianas. Desamparados, incapaces de experimentar la maternidad de primera mano.

A Damián le atraía la invitación. No deseaba ser una "panzona". Su anhelo era simular el papel de bebé. Para formar parte del club de las embarazadas, el miembro que aparentaba la gestación debía presentarse con una persona adulta que le sirviera como vehículo entrenador. El sujeto invitado adoptaba una postura pasiva, dócil, mientras la otra parte le cambiaba el pañal, lo amamantaba ficticiamente o le tarareaba una canción de cuna.

Hacía tres años que Ordóñez pertenecía a la asociación. Lo peor de Ordóñez, se comentaba entre algunos miembros, era que pretendiera cogerse a todos sus bebés. El club prohibía establecer relaciones sexuales entre el "muñeco" y la "panzona". Las satisfacciones obtenidas debían pertenecer estrictamente al orden maternoemocional. Era grotesco, aun en el plano abstracto, el enamoramiento no platónico entre ambos. El club de las embarazadas no era el club de los corazones solitarios. Un porcentaje elevado de los hombres que desempeñaban el papel de la cría estaban casados.

Meses atrás, el último compañero de Ordóñez, un cholo de veinticinco años, se había trepado como polizonte en un tren rumbo a Ciudad Juárez. Desde entonces la entrada de Ordóñez al club era restringida. Para suplir su obsesión por fingir un embarazo de treinta y tres semanas, había deambulado por clubs de lectura, de repujado, de repostería. Y fue en la clase de cerámica donde conoció a Damián.

Damián se sentía ridículo rodeado de mujeres fofas, gesticulantes, amargadas. Pero prefería ser una más de aquellas señoras menudonas que volver a su casa después del trabajo.

Carmen, su esposa, lo recibía todas las noches con la misma petición.

—Quiero inseminarme, Damián. ¿Por qué no me permites ser madre?

A los dos meses de casados, Carmen y Damián habían descubierto que les era imposible procrear. Angustiados, se sometieron a los estudios pertinentes que arrojaron una fertilidad indudable por ambas partes. La esterilidad era inexplicable. Eran como esas personas que se pasan toda la vida comprando cachitos de lotería pero nunca se sacan ni un reintegro.

Entonces se habló de la Reproducción Asistida. Se seleccionaría de entre la población de espermas de Damián los ejemplares más fértiles y se concentrarían en 0.5 mililitros de semen, cantidad que sería inducida en la vagina de Carmen en un procedimiento conocido como inseminación artificial homóloga.

A la semana siguiente, Carmen se sometió a la estimulación ovárica, para incrementar las posibilidades de éxito. Damián cumplió con la Capacitación Espermática. Una técnica de lavado y centrifugación de espermatozoides que elimina restos celulares, bacterias, leucocitos, esperma muerto y aletargado. Lista la muestra se introdujo en Carmen a través de un catéter especial, una "manguerita", conectado a una jeringa. Terminado el depósito, permaneció veinte minutos en posición ginecológica. La operación se repitió cinco días seguidos. Le recetaron progesterona para auxiliar a la fijación del embrión.

A los catorce días, una prueba de orina arrojó como resultado que la inseminación había fallado. Repitieron el proceso tres veces. Y fracasaron. El especialista en fertilidad les recomendó la inseminación artificial heteróloga, que consistía en obtener la muestra espermática de un donante. Damián se opuso. Aceptar equivalía a prestarse a la humillación. Los análisis no lo culpaban sólo a él de esterilidad. Y su conciencia estaba tranquila. La incapacidad también provenía de Carmen. Sin embargo, no deseaba que pudiera quedar preñada con el semen de un extraño.

Antes de dormir, Carmen atosigaba siempre a su marido. Atribuía su infertilidad a su afición pornográfica. La consideraba un castigo divino impuesto a Damián por abusar de la masturbación durante la adolescencia.

—Si no te hubieras comportado como un maldito mono chaquetero ahora seríamos papás —le reprochaba.

Y nada emputecía más a Carmen que sorprender a su esposo *jalándosela* a escondidas. Pero ella se comportaba de la misma manera. Se elaboraba una puñetota mental con la idea de embarazarse. La maternidad era un pretexto para pasar a otro estado de inconformidad.

Carmen albergaba un vacío interior que imaginaba lograría rellenar con un hijo. La verdad es que la aparición de un vástago no modificaría en nada su vida vacua. Es irresponsable depositar nuestros conflictos sentimentales en un recién nacido. La verdad es que un hijo no sirve ni siquiera para asistirnos en la muerte. Su cobardía disfrazada de respeto y amor les impide ayudarnos a morir aunque la agonía sea terrible.

Para escamotearle horas al reclamo, Damián se dedicaba a fomentar su adhesión a clubs. En una ocasión formó parte de una junta de colonos de un fraccionamiento que se ubicaba al otro lado de la ciudad, lejos de su barrio. Al presentársele la primera oportunidad, realizó el trayecto de regreso a pie. Entró a la casa con la esperanza de encontrar a Carmen dormida. Así se ahorraría el infierno de escuchar los reproches de su esposa. Pero las dos de la madrugada eran una excelente trinchera para la injuria. Su mujer no se dejó amedrentar por el reloj. ¿Para qué se casan las personas si no es para ser incansables a la hora de joder? La gente ilusa se justifica diciendo que se casa por amor. Damián no. Se había casado porque detestaba cortarse las uñas de los pies. Carmen le cortaba el pelo, los vellos de la nariz y la abundancia de vello púbico. Tareas todas insoportables para Damián.

—Este club es soso, no te permiten beber —le comentó Damián a Ordóñez una tarde.

Entonces inició el acecho.

Para terminar con la monotonía, como si cualquier club o relación matrimonial no estuvieran condenados a la inanidad, Ordóñez le habló del club de las embarazadas.

—Lo descubrí en un grupo de Alcohólicos Anónimos.

Como todo buen chacal, Ordóñez merodeaba en las sesiones de exborrachines para procurarle una *manuela* al viejito velador. Se preparaba un café, leía el periódico y se disponía a oír las confesiones de los que se apostaban en la tribuna.

Desde el casi púlpito, un hombre de cuarenta años admitía haber pertenecido a una secta de hombres que se disfrazaban de mujeres embarazadas. Individuos que salían a la calle maquillados, con peluca, empujando una carriola que contenía un muñeco de plástico. Con las piernas vendadas, entraban a un establecimiento donde se les permitía ensayar la maternidad tempranera con un adulto que actuaba como bebé.

El instinto nada chaqueto de Ordóñez lo impulsó a sonsacarle la información al ponente. Al poco tiempo ya formaba parte de manera oficial de la cofradía. Ordóñez había pertenecido al sindicato de la serpiente, al sindicato de los trabajadores, al sindicato de electricistas, de meseros. Era capaz de afiliarse a cualquier tertulia en la que abundaran los hombres solitarios.

—La primera regla del club de las embarazadas es que no se habla del club de las embarazadas —sentenció.

El lugar común le produjo risa a Damián. Todos los miembros que pertenecen a una asociación sospechan que en sus manos se encuentra parte del equilibrio que sostiene al mundo.

Y no sólo las logias secretas sufren el síntoma. El mundo entero es un puticlub. Los empresarios, los taxistas, los panaderos creen indispensables sus actividades para el funcionamiento de la realidad.

Dónde, se preguntaba Damián, habían quedado los tiempos en que los hombres para entretenerse jugaban dominó apiñados en una mesa. Ahora debía cagarse uno en un pañal y esperar displicentemente a que un puto lo limpiara para socializar. ¿Y el gusto por la cerveza?, pensó al oír decir a Ordóñez que en el club se servían puros martinis.

El interior de las jotas es insondable. Son refinadas, proclives a la finura, sin embargo su gusto en hombres es bárbaro. Se sienten atraídas por los cholos, los albañiles, los malandros. Adoran los cuerpos sudorosos, sin bañar, pero detestan la cerveza. Casi todos. Hay excepciones. Pero en general, sólo una jota en decadencia se decanta por el alcoholismo.

—Inscríbete en el club, Damián. Nadie se va a enterar. Yo seré la "panzona", tú el "muñeco" —insistía Ordóñez.

El atosigamiento que le endilgaba su mujer con la cantaleta de la inseminación, más la infinita flojera que le producían los clubs convencionales, eran la excusa perfecta que Damián necesitaba para registrarse como miembro. Pero lo paralizaba la sospecha de que alguien se enterara de su afición. Imaginaba a su esposa recriminándole su comportamiento.

—Cómo puedes dormir con todo ese talco en tu entrepierna.

"La mejor postura que puede adquirir el cuerpo es la posición fetal. La nostalgia inherente a la idea de que todo tiempo por pasado fue mejor, nos proporciona el arrojo para realizar actos desesperados que nos permitan recobrar el paraíso perdido". La leyenda anterior estaba escrita sobre un volante fosforescente que Ordóñez le había obsequiado a Damián.

Inscribirse en el club de las embarazadas era para Damián lo mismo que convertirse al cristianismo o volverse mormón. No modificaría en nada sus creencias. No desaparecería su aburrimiento. No alteraría sus hábitos. La diferencia era el ambiente festivo que era capaz de organizar un grupo de jotas histéricas y mal habladas.

Para alentar a Damián a convertirse en apóstol, Ordóñez le sugirió visitar el club en calidad de espectador. Desde el momento en que pusieron el pie en la puerta, Damián tuvo la sensación de que realizaba un *tour* por una cervecería o por el salón de la fama del béisbol. Las instalaciones producían en él un efecto que sólo había experimentado al entrar en un museo. Esperaba descubrir rostros familiares, las grandes obras que aunque no reconocía formaban parte indiscutible de la historia.

Damián sintió alivio al encontrar un ambiente que no pusiera en apuros su reputación. Nadie en el club ponía en peligro su anonimato. Hace todavía tres décadas los hombres, siempre en busca de un lugar habitable, hallaban refugio en la botella, en los libros, algunos mochos incluso en la heroína. En el presente, no existía lugar más seguro para obtener paz mental que un club de esta naturaleza. Desconectarse del mundo por completo, obtener el regocijo de comportarse como un saco de papas, despatarrarse tres horas en una cama matrimonial modificada con barrotes para emular una cuna, aliviaba las penas de los hombres.

Sencillo hubiera resultado acudir a terapia. Escupirle toda la basura a un psicólogo que mientras te escucha sólo piensa en que al llegar a casa tendrá que bañar a sus dos perros.

Pero Damián no deseaba asistir solo al psicólogo. Sabía lo que el analista le recomendaría: déjala. Acuéstate con otras mujeres. Por su parte, Carmen no quería acompañarlo porque despreciaba la psicología. Argumentaba que no se dejaría amedrentar por un charlatán. Cuatro años de estudio no calificaban a nadie para juzgarte.

En fin, de psicólogos está lleno el mundo, como también de entrenadores de la Selección Mexicana. El trasfondo de su negación consistía en no confrontar a Damián frente a un extraño. La disputa por la inseminación era un asunto que les correspondía resolver a ambos sin intromisiones. Damián se oponía al proceso porque su visión de la vida le impedía criar un hijo que no fuera suyo.

En la terapia, una resolución posible sería el divorcio. Carmen sería libre para inseminarse. Pero ella no estaba dispuesta a aventurarse a sostener un hijo sola.

Las parejas colocan hijos en sus vidas como el municipio arbotantes en una colonia. Carmen había decidido que era hora de agregar algo de decoración a su existencia. Y aunque acordaron que jamás adoptarían o mendigarían espermas ajenos, ella sacó una cita con el ginecólogo especialista en inseminación artificial y embarazo de alto riesgo.

El médico fue inclemente. Carmen se encontraba en el umbral de la edad para procrear. Si esperaba tres años más corría el riesgo de parir un producto autista, con síndrome de Down o malformaciones.

Carmen abandonó la consulta decidida a inseminarse. No existe ninguna diferencia entre una mujer que se pone en manos de un especialista para ser preñada o para implantarse unos senos o someterse a una cirugía plástica. El proceso es tan estimulante como observar a un anciano filatelista auscultar su colección de timbres. Aunque se remueva tejido, se sopese músculo o se impongan genes, se tiende hacia la deconstrucción. El cuerpo es una nación a la cual constantemente le arrancamos las banderas. Ninguna diferencia radica entre ocupar la plancha o esgrimir el escalpelo.

Un llavero de dolor. Como si portara un llavero con la figura de un ancla o un ínfimo candado, era lo que Damián sentía todas las tardes al salir del trabajo. En lugar de dirigirse a casa, desaparecía con su llaverito en interminables sesiones de alcohólicos anónimos los lunes, en grupos para el manejo de la ira los martes, en tertulias de aficionados a los cómics los miércoles, en círculos de lectores de novelas los jueves, en reuniones de fervientes convencidos del fenómeno ovni los viernes, los sábados se inventaba eventos que nunca sucedían, y los domingos se escondía en el futbol con los amigos. Se sentía como un adicto a la nicotina que se arranca el parche antitabaco para fumar y después volvérselo a colocar.

El hombre conoce la culpa al casarse. Antes del matrimonio la ignora, no importa cuánto insista la teología. La culpa era un sentimiento inasible para Damián hasta antes de conocer a Carmen. La culpa puede convertirse en un refugio. Pero en ocasiones adquiere las dimensiones de un estadio de béisbol. Y el parque está repleto. Y sientes a los aficionados gritarte antes de cada lanzamiento. Fue el remordimiento injustificado, él era infértil funcional, quien lo llevó a comprar el chihuahueño. Sabía que las personas sin descendencia suplen las ausencias emocionales con innumerable variedad de animales y objetos. La gente infértil se aficiona a las mascotas. Algunas adquieren peces para estructurar su tiempo. La ardua labor de mantener limpia una pecera las distrae de los pensamientos referentes a lo filial. Pero el vacío no se llena con una colección de pececillos. Tiempo después surge la inquietud de comprar un piano. Las lecciones se convierten en un reconstituyente pasajero. Al final, nada las satisface. La mayoría de las mujeres que a la edad de treinta años no han experimentado la maternidad, terminan por realizarse la liposucción o por implantarse senos o por operarse la nariz.

Al salir de la veterinaria con el chihuahueño en una caja, Damián se sintió estúpido. Qué truco tan barato para consolar a Carmen. Un perro no equivalía a un hijo. Es cierto, la realidad está repleta de sucedáneos. Pero nada suplanta la vida. Un insulto. Como un insulto interpretaría Carmen la aparición de Lázaro, como había bautizado Damián a la mascota. Desprecio, sólo desprecio recibiría el pobre animal.

La aparición de Lázaro no molestó a Carmen. Pertenecía a esa clase de persona que de niña le temía a los payasos, pero que la amenaza real de un dóberman dispuesto a atacarla no le provocaba sino ternura, cariño, a pesar de encontrarse en peligro. Por lo tanto, la irrupción de Lazarito le dibujó una sonrisa en el rostro ausente.

La primera noche que pasó en casa el perrito fue también la primera noche que Carmen no le mencionó el tema de la inseminación. Damián sospechó que sus vidas encallarían en la resignación. Si la suerte disponía que ella muriera primero, al no contar con descendencia directa, se conformaría con terminar sus días atendido por un sobrino avaro o una sobrina puritana. El hijo de tu hermano es más servicial que tus propios vástagos. Está dispuesto a ultimarte con tal de quedarse con los ahorros de toda tu vida. Tu hijo no, en el nombre de la buena conciencia dejará que la diabetes te deje ciego y te arranque las dos piernas.

El responsable de la tranquilidad de Carmen no era Lázaro. Su cambio de humor se debía a que por la mañana había asistido a su primera consulta para iniciar con la inseminación. El doctor le había predicho su futuro clínico. Podría inseminarse en cuanto contara con la firma de consentimiento por parte de Damián. Como mujer casada, estaba obligada a presentar la aceptación de su marido.

La firma no le preocupaba. Estaba dispuesta a falsificarla. Si la inseminación era afortunada, alegaría un milagro a Damián, al reconocer que ninguno de los dos era probadamente infértil y se mudaría de ginecólogo para no descubrir ante su marido la causa real de su embarazo.

Damián se sintió aliviado con la nueva actitud de su esposa. No tendría que atrincherarse más en clubs de ninguna especie. Podría regresar a su casa, destapar una cerveza, ocupar un lugar en el sillón y disfrutar del béisbol. Era fanático de los Yankees de Nueva York. Se desentendería para siempre de Ordóñez y del club de las embarazadas. Y la paranoia que lo asaltaba en la oficina, de que alguna mujer que acudiera por un trámite lo asociara con un club de manualidades, desaparecería.

Pero a la mañana siguiente, mientras Carmen alimentaba a Lázaro con unas croquetas de atún que Damián había dicho que estaban "muy pinches", descubrió en el buró, mal disimulados, los resultados de un ultrasonido que se había practicado Carmen recientemente. Con los cuidados que requería el recién llegado había olvidado esconderlos. Damián salió hacia el trabajo sin comentar nada al respecto. En la compañía, levantó el teléfono y marcó al consultorio. La secretaria del doctor le informó que sólo esperaban su aprobación para comenzar con la reproducción asistida. El traidor había sido traicionado.

Durante su noviazgo, Carmen había deducido que Damián tenía un corazón grande como una Biblia. Y ante la infertilidad, saboreó la sangre salida de aquellas páginas. Cuando el corazón de un hombre crece, se presume que alcanza el tamaño del corazón de un cerdo. Pero en realidad, el músculo adquiere la proporción de una Biblia. El peso y el grosor del órgano es el mismo que el del texto sagrado. En una edición de tamaño regular. El libro que siempre encontramos abierto en una casa en un pasaje de alguno de los evangelios.

Al terminar su turno, Damián sufrió el impulso de buscar a Ordóñez. La reunión de cerámica sería hasta el jueves. Y como nunca habían intercambiado dirección o teléfono, el único lugar en que podría buscarlo era el club de las embarazadas.

Tampoco ahí lo encontró. Una regla del club era que la membresía se interrumpe si alguna "panzona" o un "muñeco" se quedaba sin compañía, debían buscar un reemplazo fuera del club, con el fin de no interferir en las relaciones interpersonales de las otras parejas.

Ordóñez se encontraba temporalmente fuera de la nómina de las embarazadas. Se negaron a darle información sobre su paradero. También le impidieron el ingreso al club. Si deseaba formar parte debía rellenar el formulario de integración. Un tríptico que Damián recibió de manos de un jotito anoréxico con el corte de pelo estilo mohicano pintado de rojo. El *look* del dependiente le recordó la imagen de un zorrillo. Un zorrillito puto que seguro masturbaba a vejetes en los baños públicos del mercado Juárez.

El resto de la tarde lo invirtió en recorrer las distintas sucursales de Alcohólicos Anónimos. Sitios preferidos por Ordóñez. Obsesionado por los exborrachines, estaba convencido de que la abstinencia les despertaba la libido, así que no fue difícil encontrarlo merodeando el grupo 24 horas. No sólo los alcohólicos, también los vagabundos, los indigentes y los chiflados, se acercaban al establecimiento a mendigar un café, té o galletitas. Ordóñez aprovechaba para chupársela al que se dejara.

Al observar a Damián, Ordóñez no se sorprendió. Sabía de antemano que los tipos como ellos deambulaban por cualquier club o lo que se le asemejase. El insomnio, una pelea doméstica o el aburrimiento, podían detonar una errancia sin fin. Un comportamiento que podría llevar a un hombre de familia a perderse la navidad, el año nuevo, los cumpleaños de sus hijos.

En los clubs, además de procurarse compañía, los asiduos buscan desahogo. Damián estaba dispuesto a relatarle a Ordóñez la mala fortuna de su matrimonio. Pero la celeridad lo impidió. El motivo real de su presencia era que por fin accedería a registrarse en el club de las embarazadas. Estaba convencido. Inclusive propuso que se dirigieran a una farmacia a comprar pañales para adulto. Y lo atacó el arrepentimiento: ¿no estaría precipitando su vejez al pretender retroceder a la lactancia? Pero Ordóñez lo disuadió. No es pecado tratar de recobrar el paraíso.

Se apresuraron a la casa de Ordóñez. En un clóset escondía leche en polvo, biberones, pelucas, vestidos de maternidad y una prótesis que simulaba una barriga de ocho meses de embarazo. Mientras se maquillaba, Damián observaba unos baberos. Entonces comprendió lo que sucedería, se abandonaría por completo a la manipulación de Ordóñez. Y lo disfrutó. Descansaría de todo lo que lo aquejaba. Por fin se olvidaría de Carmen, de utilizar el excusado de la oficina. Dependería sólo de los cuidados de Ordóñez. Y quién sabe, tal vez recibiría mejores atenciones que las que le había procurado su verdadera madre.

El club no cerraba en toda la noche. Y sí, pensó Damián, es el mejor club que había existido. Ni los clubs campestres, ni los campamentos de verano, ni los retiros espirituales se comparaban con la funcionalidad de un grupo de jotos que pretendían ser amas de casa embarazadas. Porque en la ficción, ninguna de ellas era soltera, viuda o inseminada. Todas contaban con una feliz familia. Tal vez los martinis les serían detestables si sus maridos fueran insoportables. Pero todas las señoras ahí recluidas conservaban un hogar limpio, perfecto. La cuota de inscripción había sido cubierta. La vigencia duraba un año. Sólo se cubrió una pequeña comisión por el cambio de participante. Y una suma correspondiente al cuarto que se utilizaría.

—Es más sencillo que adquirir una membresía de Blockbuster —presumía Ordóñez.

El club albergaba un bar. Una estancia prolongada donde departían tragos hombres vestidos de mujer embarazada con hombres disfrazados con gorritos de estambre y biberones en las manos. Algunos llevaban chupones de oro colgados del cuello, señal de clientes distinguidos. El club funcionaba como un motel. Mientras aseaban una habitación, Damián y Ordóñez bebieron martinis en la barra. El miedo, la incertidumbre, la temeridad que padece una hija de familia la primera vez que asiste a un motel, era lo que experimentaba Damián sobre su taburete. El sexo estaba prohibido en la relación, Ordóñez sólo sería la mamá postiza. Sin embargo, la paranoia, la sensación de cometer un acto impuro envolvía a Damián.

Las reglas impedían a los clientes introducir bebidas en los cuartos. Debieron terminar la bebida para trasladarse al área conocida como los "cuneros". El pasillo estaba decorado como la sala de lactantes de una guardería. Del techo colgaban biberones en miniatura sujetados con estambre rosa. Olía a leche rancia. La atmósfera apestaba a leche pasada. Según Ordóñez era un efecto producido por la administración.

Fría, austera, idéntica a un cuarto de hotel, con la excepción del televisor, la habitación número doce era un fetiche para Ordóñez. Damián se desnudó en el baño. Desde que entraron al cuarto, tenía prohibido emitir palabras. Se recostó en la cuna tamaño matrimonial y perdió toda autonomía. Su cuerpo laxo parecía el de un oso polar sedado con dardos tranquilizantes.

Ordóñez le quitó el pañal. Por primera vez desde su niñez, otro varón veía el pene de Damián. No se avergonzó. Tampoco lo invadió el orgullo. En los mingitorios había observado el pito de Ordóñez y al descubrirlo pequeño supuso lo que cierta gente ignorante cree, que los hombres se vuelven homosexuales debido al tamaño de su miembro. Dejó que lo limpiaran sin estar *batido*, con toallitas húmedas marca KleenBebé. No le incomodó que Ordóñez se concentrara en asear con detenimiento su zona genital. Era parte del acuerdo que la "panzona" tocara el pene del "muñeco". Incluso el masaje que le dio en los testículos no lo alteró. Los bebés se la pasan poca madre, pensó. Para volver a ser un bebé sólo basta formar parte del club de las vestidas embarazadas. Una erección repentina apareció. Pero se asumió como natural. Ninguno de los dos le concedió importancia al suceso. Tres horas después, salieron del club.

La vergüenza que asalta a las mujeres casadas que por primera vez, incluso la segunda y hasta la tercera, acuden a un motel con un hombre que no es su marido, acometió a Carmen al presentarse en la consulta con el especialista en fertilidad. Con lentes oscuros y pañoleta se presentó ante el médico, como si fuera una enfermera que traficara con un recién nacido.

La identidad del donador es desconocida, le aseguró el doctor. El semen permanece congelado. Las inseminaciones artificiales homólogas son las únicas en las que se utiliza la muestra recién extraída. En el caso de ser heteróloga no se realiza en el acto porque existe el riesgo de contagio del VIH.

Programaron la primera inducción de esperma a las dos semanas, cuando Carmen alcanzara su punto de fertilidad más amplio según el seguimiento folicular.

La relación entre Carmen y Damián había caído en la indiferencia. El desinterés propiciaba el silencio. El mutismo instalado se interrumpía sólo por los ladridos de Lázaro. La inseminación le recordó a Carmen los preparativos de su boda religiosa. Observó, con tristeza, que desde aquel acontecimiento no había emprendido un proyecto que implicara alguna clase de trascendencia.

Una tarde, después de mirar un comercial de aceite para bebés, comentó con una vecina la inquietud de convertirse en madre.

—Los hijos son una bendición. Una familia sin niños habita una casa en la que no ha entrado Dios —le respondió la anciana.

Damián fingía desconocer los planes de Carmen. Su acto supremo de desaparición, el club de las embarazadas, lo mantenía ocupado como para dedicarle tiempo a los delirios de su esposa. Sabía que sin su firma no conseguiría concretar la inseminación. La jubilación es la peor de las aberraciones, pensaba Damián, orilla a las personas a ingresar en diplomados, a tomar clases de inglés, a escribir sus memorias. Una jubilación prematura obligaba a Carmen a inseminarse. Interpretaba los deseos de su esposa como un rasgo de vejez.

Mientras tanto, él experimentaba una especie de rejuvenecimiento. Cada vez que se trepaba a la "cuna" sufría una regresión. No sólo pretendía ser un bebé al cuidado de Ordóñez, sino que se entregaba por completo a la etapa lactante. Comenzó a practicar el balbuceo como una máquina de precisión. Sus movimientos obedecían a una memoria heredada de la estimulación temprana. Su mente se asombraba con los colores del papel tapiz. Su desconexión era tan flagrante que no se enteró, la tarde de un martes, cuando un Ordóñez alevoso comenzó a chuparle el pene. No fue sino hasta la eyaculación que se percató de las implicaciones morales del acto. No le desagradaron las propiedades homosexuales del impulso de Ordóñez, no tenía la oportunidad de reflexionar sobre cuestiones de género. Su principal conflicto se relacionaba con el hecho de que él era un lactante. ¿Tienen sexo los bebés?, se preguntó.

Por primera vez, la publicidad subliminal del club de las embarazadas había tenido consecuencias en un cliente. Todas las "panzonas" se acostaban con los "muñecos" aunque lo prohibiera el reglamento. Ordóñez, aún limpiándose el semen de la boca, se levantó para talquear a su invitado. Damián se sintió ultrajado. Por qué había abusado Ordóñez de un bebé. La confianza de Ordóñez había provocado en él los efectos de una violación. Abandonaron el club en silencio, un mutismo que Ordóñez asumió como positivo.

Ya actuaba como la señora de Damián. Y para el bebé aquello se convirtió en una maldición, lo que menos deseaba era otra esposa.

—Esa mamada no significa nada, Ordóñez, no pretendas que soy tu marido —le dijo Damián antes de bajarse del taxi.

Aquélla fue la primera noche, en año y medio, que Carmen le pidió a Damián que hicieran el amor. El fraude estaba listo: la firma falsificada, las velas, el *babydoll*, el vino tinto, la cama de pétalos rojos. Una amiga de Carmen que trabajaba en un banco tenía un compañero que era excelente imitando la firma de los cuentabientes. Sólo necesitaba una coartada. Acostarse con su marido para hacerle creer que había sido un milagro, que por fin San Judas Tadeo había respondido a tanta veladora de cincuenta pesos que le habían prendido. Pero Damián se negó esa noche a sostener relaciones sexuales. Y la otra noche y toda la semana, actitud que desconcertó a Carmen. A su esposo le encantaba el sexo. Pero ignoraba que Damián tenía una nueva pornografía: el club de las vestidas embarazadas.

Desconfiada, contrató a un detective privado para que espiara a Damián. Lo primero que imaginó es que su marido tenía una amante. Pero el informe del investigador no arrojaba la presencia de ninguna mujer. Las actividades de su marido se desarrollaban de manera formal. Se trasladaba siempre del trabajo a su casa, con ocasionales paradas en un bar para beber unos martinis.

Una vez despejada la incertidumbre, Carmen volvió al entusiasmo de la fertilización. En un ataque de sinceridad, le comentó a su vecina lo próximo de su fecundación. Para compartir la dicha, la vecina le mencionó la existencia de un programa especial del Seguro Social, un lugar donde las madres potenciales podían entrenar con muñecos los futuros cuidados que le proporcionarían a sus vástagos.

Carmen anhelaba experimentar lo que implicaba bañar a un bebé, ponerle su ropita, arrullarlo. Para conocer a fondo la dinámica se inscribió en el programa.

El club de las embarazadas estaba repleto de clientes. Para ocupar un "cunero" se dispusieron a beber un par de martinis. Antes de que estuviera listo el cuarto, Damián le advirtió a su compañero:

—Pinche Ordóñez, no se te ocurra volver a mamármela.

—Ay, Damián, cómo eres cruel conmigo, qué tiene de malo una mamadita. ¿A poco no te gustó?

—Mira, pinche Ordóñez, nuestra relación no tiene nada que ver con lo sexual.

—Porque tú no quieres. Y para ser honesto, Damián, el club de las embarazadas es una actividad homosexual.

—Ni madres. Yo no vengo aquí a que me la mamen. Yo no soy puto.

—Por favor, Damián. ¿Te parece masculino que te limpie la mierda? ¿Qué te asee el pito con toallitas húmedas?

—Es distinto. Me caes bien, Ordóñez, pero no te pases de verga. Un bebé no puede tener sexo. Los bebés no tienen sexo.

—Te equivocas, todos los que forman parte del club son pareja. Aunque a la administración le cague. Para compenetrarnos bien como "panzona" y "muñeco" debemos coger.

—No. Los bebés no podemos tener sexo. Entiende. Me obligas a denunciarte.

Al entrar a la habitación, Ordóñez se desnudó por completo. Febril, se abrazó al cuerpo de Damián en pañales.

—Te amo —le dijo con lágrimas en los ojos—. No me obligues a regresar a los clubs de lectura o de repujado. No me abandones. Todo mundo me abandona.

Sin responder a sus súplicas, Damián salió de la habitación aún en pañales. En el pasillo se puso el pantalón de mezclilla. Aquel día no deseaba regresar a casa en taxi. Abordó un camión de la ruta ciento veinte. Hizo todo el viaje con el pañal puesto bajo el pantalón. La comodidad y la seguridad que le producía lo llevaron a pensar que aquel paseo era el recorrido más hermoso que había hecho en toda su vida.

Al regresar a casa, Damián descubrió la sala atiborrada de paquetes de pañales. ¿Qué es esto? ¿El club de pañal?, preguntó irónico. Al parecer Carmen seguía obsesionada con la maternidad. Se adelantaba a la colaboración de Damián comprando reservas de pañales.

—¿Así que finalmente te has vuelto incontinente?, le preguntó.

—Son para nuestro bebé. Me tacharás de ilusa, pero algún día me vas a embarazar. Hay que estar preparados.

Entonces, Carmen le habló del programa del Seguro Social. Vivir de primera mano la experiencia los sensibilizaría y llevaría a Damián a aceptar la inseminación heteróloga.

Damián estuvo de acuerdo pero sin revelar demasiado entusiasmo. Antes de entrar a una sala que contenía a embarazadas de verdad que practicaban con muñecos de plástico, les pasaron un video que contenía recomendaciones para las madres primerizas. En la pantalla se observaba a una pareja simulando qué hacer en caso de que un bebé regurgitara.

—Mira qué bonito —dijo Carmen—. Damián, vamos a inseminarnos.

—Nos largamos de aquí —le gritó a Carmen.

Durante el trayecto a la casa, Damián le recriminó a Carmen su obsesión.

—No puedes obligarme a aceptar al hijo de otro como si fuera mío.

Carmen le reprochó su desinterés por hacerle el amor.

—Te comportas como un bebé. Primero te rehúsas al esperma de un donante y ahora no quieres siquiera tocarme.

Ofendida, le restregó en la cara la orden de inseminación heteróloga.

—Sí, ya sé que vives enamorada de esa pinche manguerita. Que sueñas con convertirte en amante de ese pedazo de plástico —le gritó.

Emputecido, Damián salió a la calle, caminó sin rumbo, con un paquete de pañales aferrado a la mano izquierda.

Ordóñez se había cansado de buscar a Damián en todos los clubs conocidos. Pertenecer a un club es como cualquier adicción. Existe el impulso por renunciar a ella. Pero también se presentan las recaídas. Un año después Damián reapareció en un club de apoyo a personas que habían sufrido quemaduras de primer grado. A pesar del maquillaje, Damián y Ordóñez se reconocieron.

En una sesión de Alcohólicos Anónimos, mientras desde el púlpito un profeta del clima arremetía contra el fin del mundo, Ordóñez, quien ante la ausencia de Damián comenzó a espiar a Carmen, le confesó que su exmujer se había inseminado. Carmen tuvo un hijo con síndrome de Down. La familia trató de disuadirla pero fue inútil. Se negó a abortar. La genética es la broma más gigante que existe.

—¿Jugamos al club de las embarazadas? —preguntó Ordóñez.

—Juguemos —respondió Damián.

Camino al club, hicieron una parada en casa de Ordóñez para que se disfrazara. Una vez dentro del "cunero", Damián se desnudó. Su miembro había desaparecido. Se había hecho amputar el pene.

—Para no tener bebés —dijo.

Se acostó en la cama y comenzó a cagar. Ordóñez se acercó a él y empezó a limpiarlo. Mientras, Damián observaba el techo del cuarto como si se tratara del infinito e inabarcable cosmos.

La marrana negra
de la literatura rosa

Yo tuve una cochinita fri stayl. Una cerdita matona. Ni dálmata, ni atonal. Ni da leche congelada. Una cuinita negra negra. De raza. Mi marranita tenía filin. Estaba hecha con 6/4 de gruvi, 3/8 de suing, chil out, bit, daun tempo, mucha cumbia y soul: en total, 80 kilos de sabrosura y glamur. No le faltaban vitaminas. No le faltaba guapeo. No le faltaba pediquiur. Si acaso un amor. Si acaso su machín. Por eso el anuncio en el peiper:

SE BUSCA CHANCHO FINO PARA COMPLACER
A COCHINITA SEXY

Mi puerquita se llamaba Leonor. Oh, Leonora, Leonora.

Me la regalaron en mi cumple. Mi sista, que siempre se ha dedicado al negocio de la chicharronería, la levantó en un chiquero. Andaba en busca de un marrano que le engordara el ojo. Un candidato que echar al cazo el domingo. Fue entonces que la torció. Mira qué monada. Era una lechoncita negra, con cuerpito De aquí salen lonches.

Le latió para mi mascota.

Todavía no alcanzaba el timbre y mi marranita ya tenía su historia que le pisen.

Según el marranero, antes de venderla, la Leonor se había dado a la fuga para convertirse en compositora.

¿En compositora?

Sí, de corridos. Ella misma me lo dijo, en sueños.

Viejo mariguano, pensó mi hermana. Y mientras ella me lo contaba, me imaginé el anuncio en servicio a la comunidad de Canal 5: "Se solicita de su valiosa colaboración para localizar a la cerdita Leonor. Su dueño es un viejo macizo que padece de sus facultades mentales".

Duró desaparecida tres semanas hasta que la encontré en la casa de un hombre que vivía solo. Sospecho que Leonor estaba enamorada de él. Tiene pinta de perdida.

Este viejo se las truena, ya ni le compré marrano. Salí echando de allí sólo con Leonorcita, dijo mi hermana.

Mi cuina era una mascotita dulce. De buenos modales. De alcurnia. Casi casi una persona. Pero se me descarrió. Se me tiró a perder.

Una semana se enfermó. Le saqué su cita con el veterinario. El doctor me aseguró que estaba completamente sana, pero nomás de un lado. Sufría de depresión. También presentaba un cuadro de anorexia.

¿Qué tanta depre, doc?

Un 16.

Pero por qué. Si yo la baño todos los días, le pinto los labios, la perfumo.

No lo sé. No puedo diagnosticar. La mantendremos bajo observación. Deberá quedarse internada dos días.

Aquélla fue la primera noche que soñé con Leonorcita. Mi compañerita me habló en el sueño. Con voz humana y con razón sexual.

Manolo, Manolo, la causa de mi depre es que ocupo hombre, perdón: cerdo. Ocupo un amante. Los cerdos no podemos vivir sin sexo.

Mi cochi traía la hormona cadenciosa. Pero, me advirtió, no deseaba quedar embarazada. Así que cuando saliera del hospital tendría que conseguirle condones vaginales.

En el mismo sueño, Leonor me dictó el siguiente poema que escribí al despertar:

> *Big man, pig man, ha ha, charade you are.*
> You well heeled big wheel, ha ha, charade you are.
> and when your hand is on your heart,
> you're nearly a good laugh,
> almost a joker,
> with your head down in the pig bin,
> saying, "keep on digging".
> Pig stain on your fat chin.
> What do you hope to find?
> When you're down in the pig mine.

A los tres días recibí respuesta al anuncio. Un marranero llevó al ejemplar con más *charm* de su crianza. Apuesto como galán de telenovela venezolana. Hasta me gustaba para que se llamara Kelvin William Ananké. Lástima. Se llamaba Valente. Le caería bien un Yumber o un Gelson.

Es de concurso, dijo su dueño. Me ha sacado primeros lugares a nivel nacional.

Para Leonor no fue amor de revista, pero lo deseaba. Lo deseaba locamente. Deseaba revolcarlo en lodo. Hundirlo en su pasojo. Mancillarlo como a una mazorca. Humillarlo de deseo. *The bitch was so hot*.

Malditos hombres. Malditos, malditos. Son todos unos cerdos. Escribí una mañana al levantarme. Leonor continuaba hablándome en sueños. *Son todos unos hijos de puta. Basura. Mentirosos. Cobardes.* Este desprecio, que en un principio sospeché estaba destinado a convertir a mi Leonorcita en la Paquita la del barrio del mundo porcino, era el comienzo de un relato prolongado. Un texto que cada noche y entre sueños cobró la extensión de una novela. En ella se narraba no cualquier historia. Era una obra chacal. El retrato de un hombre que gustaba de la compañía de los albañiles, los traileros y los cholos. El personaje principal sufría a causa de sus "mayates" drogadictos, ladrones, golpeadores. Yo no sabía cómo calificarla. ¿Telenovela o diario? Hasta que una madrugada, Leonor me dijo que se trataba de una dulce novelita de amor homosexual.

Por las fechas en las que trabajaba en la escritura de la novela, me visitó Claudia. Una amiga de la secundaria que se había convertido en una poeta reconocida.

Qué rock, morro.

Mientras le calentaba unos burritos de machaca en la cocina, leyó el poema de Leonor.

Qué guardadito, eh. No sabía que fueras poeta de clóset.

Dejé que pensara que yo era el autor. Le pregunté por la calidad. Según ella tenía gran potencial como poeta. Me lo pidió para publicarlo en una revista.

Sólo es un jobi, le dije.

No sé por qué me negué. Yo estaba enamorado de ella desde la secundaria. Cumpliría cualquier manda con tal de llevármela a la cama.

Tal vez me desconcertaba la actitud *darky* de Leonor. Ella era una cochinita socialité. Siempre que había invitados los recibía con diferentes personalidades: la de anfitriona dispuesta a inaugurar la pista y bailar la primera pieza con el príncipe o la de la altruista que espera recaudar fondos para la preservación de la lechuza albina. Aquella tarde no abandonó su habitación. Antes de la llegada de Claudia me pidió que le colocara un antifaz sobre los ojos porque le molestaba la luz. Estaba en cama. Le dolía la cabeza. Quería aspirinas. Tráeme un té, me dijo como si yo fuera su mayordomo.

Claudia se marchó a las ocho de la noche. Me borro morrito, me dijo.

Me asomé a corroborar el estado de Leonor y, oh novedad, la muy cabrona, quien siempre defecaba en su corralito, se había batido toda sobre mi colección gigante de *TvyNovelas*. Mis amadas revistas. Estaban irreconocibles, hasta el *full* de mierda. Terminé de limpiar el desmadre hasta las dos de la mañana. Fue la primera noche que Leonorcita no me dictó en sueños.

Valente visitaba a Leonor cada jueves a las cuatro de la tarde. Mi deber era decorar el espacio *so romantic*, con velas, pétalos de rosa. Destapar una botella de Sidra Villareal, encender incienso de canela y colocar sábanas de seda. Las perversiones de Leonor cada día eran más sofisticadas. Incluían dildos, disfraces, ropa de cuero y ropa interior comestible. Incluso me ordenó en una ocasión que los filmara mientras tenían sexo.

Para no pensar en el hecho de que mi mascota poseía una agitada vida sexual y yo no, me desmedía en las labores de la casa. Actuaba como Robotina, la sirvienta de Los Supersónicos. Es decir, sin breiks.

Un día en que le ofrecí unos tamales con atole al dueño del Romeo Valente, el marranero me dijo:

Es usted más hacendoso que mi mujer.

La cara se me puso colorada de vergüenza. El plato que sostenía en la derecha con tres tamales, todos de dulce, se me cayó y se hizo pedacitos.

Permítame ayudarlo.

Oh, no se moleste. Se podría usted cortar.

No, no, se lo ruego. Yo lo hago.

Desde aquel incidente la conducta del marranero cambió. En lugar de dejar al semental y largarse, se quedaba a hacerme compañía por varias horas. Intrigado, aún no se explicaba cómo no quedaba preñada Leonorcita.

Ya quedará, le decía. Ya quedará.

En mis ratos libres me dedicaba a corregir la novela. Que entre Leonor y yo titulamos *Si lo sabe dios*. Aunque no me consideraba yo literato, había sido aplicadillo en ortografía en la primaria. Además, siendo Leonor muy niña le leía cuentos antes de dormir. Su favorito era "El día que el cerdo se cayó al pozo" de John Cheever.

A las dos semanas regresó Claudia, con el pretexto de que seguro tenía yo más poemas escondidos y no descansaría hasta publicarlos. Dirigía una revista y trabajaba para una editorial *indi*. Antes de su llamada oculté mis recetarios de cocina. No fuera que a Leonorcita se le ocurriera vomitarlos o cambiarlos con el señor del carromato por chapeteadas.

Y, oh admiración, para mi sorpresa, la marranina salió a recibir a Claudia.

Qué mona cochinita. Mira sus pezuñitas, pintadas como las de Brian Molko.

Pinche Leonor, se comportó de lo más *chic*. Claudia me rogó enormidades para que sacara más poemas.

Neta que no tengo. Es el *one & only*. Es más, para que veas que no soy chiva, llévatelo. Publícalo.

Por la noche el sueño fue intenso. Leonor insistió en que le mostrara a Claudia la novela. Yo me resistí. Seguro perdería mi oportunidad con Claudia. Si le enseñaba *Si lo sabe dios* pensaría que soy puto. Y entonces sí, adiós *loverboy*. La disputa duró dos semanas. En sueños, Leonor me injuriaba.

Eres un pinche luser. Es nuestra oportunidad de salir de este chiquero. Vivir la gran vida.

¿Y si la novela no pega? ¿Y si no es más que un sueño guantanamero?, le decía.

¿En qué momento se había vuelto Leonor tan interesada?

Claudia me regaló cinco ejemplares de la revista. Leonor había dejado de ser inédita.

Muchas gracias. ¿Un tamalito?

Sí, con gusto. ¿Tendrás uno de rojo?

No, lo siento, en esta casa no se come carne de puerco.

Oh, perdón. Lo entiendo. Lo entiendo. De dulce está bien.

Oí el grito desde la cocina.

Ah, bárbaro.

Claudia había descubierto el manuscrito de *Si lo sabe dios* sobre la mesita de la sala. Putísima Leonor. Lo había colocado convenientemente para que Claudia lo encontrara.

¿Qué es esto? ¿Acaso una novela?

Y párale de contar. Lo que siguió fue:

¿Me la puedo llevar para leerla? ¿Por qué no me dijiste que eres novelista? ¿Tanta confianza me tienes?

El mundo está lleno de novelas. Una novela más una novela menos, dije.

Abrió el engargolado y comenzó a leer: "A los ocho años vi a mi padre desnudo. Supe entonces que me gustaban los hombres, que me gustarían toda la vida". Chíngales. Ahí murió. A seguir lavando a mano. Con esos datos seguro se me cebaba para siempre. Aun así, le dije:

La razón por la que no te la mostré antes es que temía que pensaras que soy gay. Pero no.

Y comencé a tirarle un rollo conmovedor sobre los personajes. Que mi protagonista fuera puto no significaba que yo lo fuera. Era un verdadero choro mareador. No sé de dónde me salió tanta melcocha, jamás había leído teoría literaria.

Cuando Claudia se fue me encerré en mi cuarto. A llorar. Como una hembra sin su Juan. Como una mujer de la colonia Nuevo Repueblo.

Qué voy a hacer, me pregunté. Casi tengo cuarenta y aún no me caso.

Todos en el barrio creían que era homosexual. Claudia era mi último refugio.

La puerta se abrió y ahí estaba ella, Leonor. Y aunque ningún sonido salía de sus labios, comprendí todo. Escuché todo lo que me decía. No hacía falta que estuviera dormido para entenderla. La oí claramente, como si le hablara a una señorita de familia a la que le prohíben casarse con un comerciante. *Ese hombre no es de tu condición*. Una señorita a la que no le permiten elegir un amor.

Es por tu bien, aseguraba Leonor.

Pero no eran sus palabras lo que me consternaba, era su persona, su cerda humanidad tapiando la puerta. Su figura, y que, detrás de ella, toda nuestra casita de interés social se convirtió en un tugurio sexual. Un gran rastro donde se procesaba a Valente. Cerdo sacrificado para consumo erótico de Leonor.

Enseguida me dediqué a imaginar un escenario más rosa. Un mundo en el que huía con Claudia. O con cualquier mujer que me amara de verdad. Sin importar que fuera pobre. Chiclero, semillero o cantara en los camiones. Una mujer aventurera sin bigotes. De ser posible con el rostro de Pilar Montenegro. Ah, y que no tuviera por mascota a una marrana negra.

Si lo sabe dios se publicó con un tiraje de 3 000 ejemplares. Se agotó en seis semanas. Como se trataba de una literatura no tan rosa, se le añadió a propósito la etiqueta de "Literatura rosa" en la portada. Ocurrencia de la editorial. La crítica le obsequió comentarios entusiastas. "La historia de amor del mundo. A la altura de *Confesiones de un despachador de pollo frito*". Después vino el premio para obra publicada. Luego la traducción al inglés. En un solo año llegamos a la decimoctava reimpresión. Nos mudamos a un departamento bien *nice*. Nuestros vecinos eran Bárbara Mori y Christian Martinoli. Ahora menos que nunca Leonor me dejaría casarme. Ni con Claudia ni con nadie.

El éxito no me ha cambiado en absoluto, presumía Leonor. Era mentira. Había subido la calidad de sus tentempiés.

Aún conservaba a su amante, el Valente. Una cerdita jamás olvida al macho que la desvirgó. Sin embargo, me pedía hombres, perdón, cerdos. Me exigía cerdos. Montones de cerdos. Era insaciable. No podía parar. Mientras otras acumulaban abrigos, zapatos, vajillas, Leonorcita recorría kilómetros y kilómetros de miembro de marrano.

A mí, el comportamiento frívolo de mi cochi me parecía vacío. Un vicio más.

Eres un mojigato, me decía. Gozar es tan parecido al amor.

No necesito cariño. Con mi guardarropa me consuelo.

Era una *total diva*.

Firmé contrato con la editorial: 10 % por pasta dura y 8 % por las ediciones de bolsillo. Nuestro segundo título, *Los hombres están muertos*, terminó por consolidar a Leonor como la Fernando Vallejo de la literatura rosa. Fue inevitable que surgieran las comparaciones con Pedro Lemebel y Reinaldo Arenas.

La casa se había transformado en una pasarela de amantes. Me metía unas chingas en la espalda trasportando el salvado. Trapeando la mierda de los chiqueros. Sólo los jueves dejaba a un lado mis zapatos de goma y me vestía con mocasines para recibir al *number one* de Leonor, Valente.

Los *perfomances* de Leonorcita eran insufribles. Pasaban la tarde juntos pero no hacían el amor. Argumentaba que le dolía la cabeza. Que estaba en su periodo. Que se aburría. Lo trataba con la punta del pie.

Como siempre, el dueño venía en el paquete. El viejo marranero era bien volado. Para despistarla, le pregunté si era casado.

Sí, desde hace quince años. Pero mi matrimonio es muy aburrido, oiga.

Y me preguntó: ¿No ha sentido usted a veces como comezón en la nuca? ¿Cómo deseos de que le restallen allí con la nariz?

No. Jamás. Sígame contando, le dije al levantarme para servirle los tan choteados tamales.

Una servilleta cayó al piso y me agaché a recogerla. Me percaté de que me estaba mirando las nalgas y dijo:

Oiga, si no es usted feo.

Sentí que me abrazaba por la espalda. Me levanté. Un respeto, carajo, le dije. Viejo pelado.

Estoy enamorado de usted, me confesó.

Le paré su carreta. Enérgico, le grité: Se me sienta a comerse sus tamales. Calladito. Sin moverse de la silla. Y se los acaba. Y cuidadito con dejarme comida en el plato. Pos éste. Aprovechado. Lo ven a uno solo.

Los viernes se los reservaba a Claudita. Los cines eran de rigor. La acompañaba a sus lecturas de poesía. Nos besábamos ocasionalmente.

Leonor nos espiaba. Un día nos observó darnos de arrumacos en el apartamento. No dijo nada. Se encerró en su cuarto a cagarse encima de mi colección de peluches. Por la madrugada discutí con ella. Estaba en contra de mi romance con Claudia.

No es bueno para nuestra imagen que te exhibas con una mujer. Escribes literatura gay. No me mereces. Me avergüenzo de ti cada vez que salimos a la calle. Yo de Dior, con algo de Dolce & Gabbana, y tú vestido como un macuarro. ¿Sabes qué nos hace falta para ser un verdadero éxito literario?, me reprochaba. *Que te vuelvas puto. Que te vistas como puto. Que camines como puto. Que actúes como puto. Que te cases con un hombre. Escribes novelas de homosexuales y luces como un jodido buga.*

A partir de aquel día, Leonor y yo no abandonamos las disputas. Se aferraba a que me hiciera puto, a que me penetraran. Las citas de amor de los jueves continuaron, pero el marranero podría entrar a la casa sólo con la condición de quedarse en su lado de la mesa y yo en el mío. Sin tocarnos. Sin mirarnos. Sin hablarnos. Si me amaba, que me amara en silencio. Y punto.

Nuestra tercera putistoria, *Maricona ponme una mano ahí*, vendió 19 000 ejemplares en seis meses. Después de negociarlo con Claudia, acordamos que me vestiría como gay, sin serlo. Era sólo un truco publicitario. Y resultó. La solapa del libro me mostraba como una loca rematada en pleno. Tal grado de identificación motivó a un sector grande de lectores, locas y bugas, a comprar la novela.

Vacaciones. Planeamos vacaciones. Nos las merecíamos.

Leonor, Claudia y yo.

Yo no voy a ninguna parte sin mi querido, me informó Leonorcita.

Uff, tenía que avisarle al marranero que nos daríamos a la fuga una semana a Mazatlán, ojalá no se quiera pegar. Ya lo oía al pinche viejo:

Me portaré bien, seré bueno. Afánenme. No sean gachos.

Lo siento, señor mío, pensé. Con dos cerdos es suficiente.

La noticia nos jodió los planes. Valente había sufrido un aparatoso e inverosímil accidente. El chanchito se encontraba perdido, lejos de las marranizas (caballerizas para marranos) del rancho. Su dueño, preocupado, organizó una expedición de rescate. Como llevaban dos días de pesquisa sin éxito, el marranero se subió a un árbol para divisar mejor el campo. Se alegró al descubrir que el novio estaba justo debajo de él, pero la rama no resistió su peso y cayó justo encima de Valente. Era más pesado el dueño que el chancho. El animal murió al instante.

Se canceló el viaje. Leonor se refugió en los hombres, perdón, en los cerdos. Se acostaba con uno y con otro. Y con otro. Y con otro. De ser otra se hubiera consolado en la bebida. Pero no, decía que era de mal gusto que una dama de su condición perdiera el estilo. Ni en momentos así se olvidaba de su educación.

Los hombres son unos cerdos, dijo al no hallar alivio en el sexo desaforado.

Me pidió colocar otra vez el anuncio en el peiper. Y lo hice.

SE BUSCA CHANCHO FINO PARA COMPLACER
A COCHINITA SEXY

Sobraron los candidatos. Ninguno la llenaba. Nunca me lo confesó, pero sé que amaba a Valente. Tampoco él lo sabía. A pesar de todos sus desaires, lo amaba. Lamentaba nunca habérselo dicho. Si al menos se hubiera dejado embarazar. Ahora tendría un hijo de él.

Se volvió loca. Se volvió tan loca que una tarde que regresé al apartamento la encontré hecha mierda en la acera. Se había arrojado por la ventana del sexto piso. Su vuelo ha sido la postal más hermosa de un cerdo en el aire de la historia.

Ninguna funeraria se prestó para velar a un cerdo. Así que cafeteamos a Leonorcita en casa. Claudia y yo. Compré un ataúd rosa. Ocuparía la fosa junto a mi madre. Mi santa madre. Señora que siempre me decía:

Hijo. ¿Por qué no te haces novio de Claudita? Se ve que te quiere.

Nunca me le declaré. Así nos la pasamos la secu y la prepa. En la universidad, Claudia se hizo novia de un abogado mayor que ella, pero nunca se casaron. Según mi madrecita, me estaba esperando. Tal vez era hora de cumplir los deseos de mi madre, quien jamás dudó de mi condición y me defendía de las vecinas metiches que le preguntaban por qué le tenía yo asco al matrimonio.

No ha encontrado a la mujer de su vida, les aclaraba.

Oiga, pero no se le hace mucho. ¿No será rarón?

Ya le llegará. Le llegará, sentenciaba.

Yo estaba bastante deprimido por la muerte de Leonor. Oh, Leonora, Leonora. La extrañaba. Aunque me trataba como sirviente. Lo merecía. Ella tenía un gusto sofisticado. Respetaba su memoria. Gracias a ella me había reencontrado con Claudia.

Sin Leonorcita, me despediría del atuendo de loca en tianguis. Y de mi carrera literaria. Todavía quedaba una novela inédita. Pero después nada. Y yo sería incapaz de escribir por mi cuenta. Nunca fui un escritor. Nunca lo sería. Todo el talento era de Leonor. Leonor era la artista. Y nadie la reverenciaba. Me odié a mí mismo. Me odié porque el reconocimiento que Leonor merecía lo obtendría yo el día de mi muerte.

El funeral transcurrió a marcha de tamales. De dulce. Con pasas y piña. Sólo Claudia y yo vigilábamos los cirios rosas. No esperábamos el pésame de nadie. Entonces sonó el timbre. Era el marranero. Entró con un ramo de rosas. Al verlo me derrumbé. No sé por qué hasta aquel momento yo me había contenido. Por qué no me había atrevido a aceptar que me dolía. Aceptar que Leonor era mi vida. Que antes de ella mi existencia había sido basura.

Me derrumbé. No podía soportarlo. La imagen del criador de marranos, gordo, con su ropa apestosa, su pelo en pecho y espalda, y su bigote asqueroso, me recordaban que sin los consejos de Leonor jamás encontraría el amor.

El marranero aprovechó para ensartarme un beso en la boca. Un beso violento. Auténtica pasión de camionero. Y yo:

Chingados. No es el momento.

Y Claudia:

No es momento para qué. O sea, ¿ustedes tienen algo?

Y exploté contra el viejo. Ya le dije que no me gusta. Nunca voy a estar con un marranero.

Claudia explotó contra mí:

Qué pasa, me dijiste que era pura fachada, que no eras gay. Por qué mentiste. Por qué. No hacía falta. Hubieras sido sincero.

Y el viejo que no se callaba y me decía:

Yo te amo. Te amo.

Claudia tomó su bolso. Se largó, no sin antes gritar que los hombres éramos unos cerdos. Cerdos infelices. Éramos todos iguales. Hechos con la misma manteca.

El coraje me hizo correr al marranero. Pero en el fondo dudaba si era eso lo que quería. Sin embargo, le grité exactamente lo mismo que me dijo Claudia: los hombres son todos unos cerdos. Unos hijos de puta. Jamás quiero volver a verte en mi vida. Jamás quiero volver a verte, desgraciado. Poco hombre. Basura. Maldito. Maldito.

Y me quedé tirado en el piso, llorando frente al ataúd, vestido como puto. Inconsolable, sin saber si mis lágrimas eran por la muerte de Leonor o por la pérdida de Claudia o por haber corrido a mi oh, oh, hermoso hermoso hermoso marranero.

Después de dos meses volví a mi casita de interés social. Para subsistir comencé a vender tamales los fines de semana. De todos, hasta de carne de puerco. Había aprendido que todos los marranos se van al cielo. Y que era mejor que se fueran rápido, antes de que se aventaran de un sexto piso. Nunca volví a usar ropa de hombre.

Olvidé a Claudia. Y perdoné a mi marranero. Lo tuve que perdonar. Además era buen cliente. Todas las tardes se atascaba de tamales. Como no se le quitaba lo caliente, acepté que me pretendiera. Un día, me agarró la mano y me preguntó por "aquellito". Que cuándo se hacía la machaca.

Ah, no, le contesté. Yo tengo que salir de blanco.

Entonces me preguntó:

¿Quieres casarte conmigo?

Sí, le contesté. Vamos a casarnos en diciembre. Cuando estén más chonchos los marranos.

Esta obra se imprimió y encuadernó
en el mes de febrero de 2025,
en los talleres de Impregráfica Digital, S.A. de C.V.,
Av. Coyoacán 100–D, Col. Del Valle Norte,
C.P. 03103, Benito Juárez, Ciudad de México.